新潮文庫

朝が来るまでそばにいる

彩瀬まる著

新潮社版

11164

目次

朝が来るまでそばにいる

君の心臓をいだくまで

鍵《かぎ》を開けたままにしていたら、悪いものが家に入ってきたの。

そう、聞こえた。

思わず、え、と聞き返すと、さゆりは「だからあ」と笑いながら宙を掻《か》く仕草をした。こないだゴミ捨ての時にね、うっかり鍵を開けたまま外に出たら、訪問販売の人が勝手に中に入って、いすわって、大変だったのよ。

なんだ普通の話だ、と拍子抜けした気分で「えー、そんなに厚かましい人いるんだ」と相づちを打つ。どろりとにごった紅色《くれないいろ》の、いちじくとベリーのスムージーのストローをくわえた友人は神妙な顔で頷《うなず》いた。彼女の動きに合わせて金色の輪がいくつも重なった大振りのピアスが前後に揺れ、黄色味がかったカフェの照明を反射する。

私も驚いちゃった。外国の、やけに高い蜂蜜《はちみつ》を売りつけてくるんだけどね。私がこの子を抱っこしてるのを見て、栄養たっぷりですよお子さんの成長にもいいですよーなんて猫なで声で言ってくるの。あったま来て、うちの子はまだ一歳じゃないので蜂蜜は食べられませんって思い切り扉を閉めてやったわ。

なんでも、一歳未満の乳児は蜂蜜を食べるとボツリヌス菌に感染してしまう危険があるらしい。へええ、と間の抜けた声を上げながら、この子、と指し示された翔太《しょうた》くんを見る。さゆりの豊かな胸にしがみつく、髪も生えそろっていない小さな子供。ふっくらと柔らかで、しぼれば果汁がしたたり落ちそうな産まれてたったの五ヶ月。

他県へ嫁いでいったさゆりに会うのは一年ぶりだ。何度かさゆりがこちらの実家に帰省するタイミングに合わせてお茶をしようと試みたのだけど、約束の前日に彼女のつわりがひどくなったり、病院に行かなければならなくなったりと、不運なキャンセルが続いた。出産後はきっと慌《あわ》ただしいだろうと、お祝いのメールを送るのみでこちらからの連絡は控えてきた。そろそろ赤ん坊連れでそっちに行く、と連絡が来たのが一ヶ月前で、だから、久しぶりに会えるのを楽しみにしていた。

「日菜子《ひなこ》のところはどうなの？　前に欲しいって言ってたけど、その後は順調？」

「うーん」

右足の付け根に近い下腹部が針でつついたようにちくりと痛む。ぬるくなったハイビスカスティを一口飲んだ。

「まだちょっと仕事でばたばたしてるから、ふんぎりがつかなくて」

「ああ、なんだっけ、教室長になっちゃったんだっけ」

「そうそう」

私は小中学生向けの個別指導の学習塾の教室を一つ運営している。それまでは他の教室に講師の一人として勤めていたが、二年ほど前に本部の人から「あなたももう長いし、近い地域に新しい教室を開設するので運営しないか」と話を持ちかけられ、だいぶ雇用条件が良くなると知って了承した。

「どうよ、一国一城の主《あるじ》」

「そんなんじゃないよー。もー、バイトの大学生が言うこと聞かなくってさー。経理とか契約とか、授業以外の仕事がどっちゃりあって、大変」

また右足の付け根がかすかに痛む。ハイビスカスティを飲む。他愛《たわい》もない話で笑ううちに、本当にただ仕事が忙しくて、子供を作るのを後回しにしているだけのような気分になってくる。いちじくは母乳の出をよくするんだってと笑い、さゆりはず、と音を立ててスムージーを飲み干した。飽きてむずかり始めた翔太くんを抱き上げてあやす。目が合うと、翔太くんは黒目がちな目を和らげてにっこりと笑う。まるで、私のなにもかもが大好きだ、と言ってくれているみたいで、たまらなくかわいい。外では雨が降っている。

ここへ来る途中に、鳩《はと》を見たのだ。雨に濡《ぬ》れ、丸まりながら道の端にうずくまっていた。特に怪我《けが》をしている風でもなく、ただ寒さに抗《あらが》うよう羽をふっくらと立たせている。あんたどうしたの、とつい独り言のように呟《つぶや》くと、鳩は曲げていた首を伸ばして眩《まぶ》しげにこちらを見た。黒い、奥行きのない平たい目だった。

ああもう弱っているのか、と思った途端、お腹の奥がひゅっと冷えた。鳩のまなざしから逃げるように、体を丸めて通り過ぎる。このところ道を歩いていると弱った鳥だけでなく、動物や虫の死骸《しがい》など、いやなものばかり目に入る。なにか暗いものでも引き寄せているのだろうか。

考え込むうちに、うっすらとなまぐさい臭《にお》いが鼻先をかすめた。生理の経血を連想させる、どこか親密な、だけどやたらと鼻につくいやな臭いだ。どこから流れてきているのかわからず、きょろきょろと周囲を見回した。外の雨の臭いだろうか。

「なんか、変な臭いがしない？」

「え？」

さゆりは不思議そうに首を傾《かし》げた。ふいに翔太くんが泣き出し、ちょっとごめん、と彼女は手際《てぎわ》よく子供を抱き上げてトイレへ向かった。尿の臭いではなかった、と思う。釈然としないまま、臭いを打ち消すように香りの良い深紅のお茶を口に含んだ。

一時間後、またそのうちにごはんでも、と約束して駅のホームでさゆりと別れた。びっしりと水滴がついた電車の窓から灰色ににじんだ町を眺め、下腹部を撫《な》でる。本当は今日、君をさゆりに紹介したかった。きっと大喜びで、翔太くんと一緒に遊ぶ場所を考えてくれただろう。でも今日はさゆりと翔太くんに、お疲れさま、無事に産まれておめでとうと伝える会だったから、ごめんよ。聞こえているのかいないのかわからない、小さなかたまりへ呼びかける。

ああでも、よかった。昨日の夜は、いっそ腹痛かなにかの理由をつけてキャンセルしてしまおうかと思ったけれど、行ってみたら思いのほか楽しかった。翔太くんはかわいかったし、息子をあやすさゆりの慣れた手つきがとても優しくて、ふんわりと光る美しいものをたくさん眺めた気分だった。全然あの二人を憎む気持ちにならなかった。よかった、私はだいじょうぶだ、と弾む心地で最寄り駅に降り、小雨を傘で避《よ》けながら家路を辿《たど》る。

横断歩道を渡る途中で、前方に不思議な丸いものが落ちているのを見つけた。色は灰色で、濃淡がある。正月の丸餅《まるもち》のようなかたちをしている。一体なんなのか、遠目ではよくわからない。わからないのに、なぜかその曲線が気になってしまう。

近づいて、そして、見なければよかったと後悔した。鳩が死んでいた。きっと、さっきの鳩だろう。天敵に追われて車道に出たのだろうか。シャボン玉のように浮き上がっていた心が叩《たた》き割られた気分だった。そうだ、こういうことだ。そこらを飛んで毛づくろいをしている鳩にはなんにも思わないのに、生きているものと死にゆくもの、さらに実際に川を渡ったものとでは、こんなに違う。近くの木には黒い彫像のようなカラスが三羽、羽を休めつつ路上の獲物をさらう機会をうかがっていた。鋭利なくちばしが濡れた羽毛をむしり、弛緩《しかん》した肉をついばんでいく。汚れた灰色が引きずられ、残骸の上をいくつものタイヤが通過する。そんな光景が見えるようだ。

長く見つめていたせいだろう。カラスの一羽がこちらを向いた。なぜか体の中の臓物の位置を見透かされた気になって腹部が痛み、急いでその場を歩き去った。息せき切って家の前の長い坂を駆け上る。アパートの二階に位置する自室へ飛び込み、すばやく扉を閉め、照明の消された薄暗い部屋で深く息を吐いた。

機械メーカーの資材調達部門に属している夫は、今月いっぱいは出張で東南アジアの関連工場を巡ることになっている。二日前の検査の結果を伝えたメールには、「安静にしてて。とにかく帰ってからよく話そう」と短い文面が返ってきた。なにもする気にならず、濡れたストッキングを脱ぐのも忘れて、朝のままになっている和室の布《ふ》団《とん》へ寝転がる。どうしようもなく寒く、眠い。まぶたの裏に、鳩を見下ろすカラスたちの透明なまなざしが残っている。

布団とシーツの間に手をすべりこませ、引っかかるものを探した。ごわごわした毛が集まった、小さなかたまりが指に触れる。出てきたのは、くたびれたトラ猫のぬいぐるみだ。両腕を広げた格好をしていて、抱き寄せるとこちらの体のオウトツにぴったりとはまり、甘えているように見える。子供の頃からよく一緒に寝ていたもので、大人になっても妙に手放せず、結婚後のアパートにも持ってきた。ひげの曲がった猫を腕に抱え、背中を撫でつけて目をつむる。

二日前の検査で、この時期には出ているべき特徴がない、と医者は言った。残念ですが、こういうの多いんですよ。あなたみたいに診察に来たうちの三人に一人ぐらいはね、うまくいかなくて。

はあ、と宙に向かって大きく股《また》を開いた心細い姿勢で答えた。モノクロのモニターに、先週よりも一回り大きくなった丸い影が映っている。大きくなったのに、と呟くと、もう死んでいても、ある程度まで大きくなることはあるので、と下半身を覆《おお》うカーテンの向こうから医者の平たい声が返った。まだぴんと来ずに、はあ、と中途半端《はんぱ》な声が漏れる。体から器具が抜かれ、医者に向けて陰部を剝《む》き出す姿勢を取らせていた内診台が回転しながら高さを下げ、開いていた足を閉じていく。それじゃあ、ショーツとズボンをはいて下さい。年配の看護師の声がする。
エ、もう、ここから育つことは絶対にないんですか。ようやく、白いカーテンの向こう側へ問いかける。返事はなかなか来なかった。鬱蒼《うっそう》とした暗い森や、深い井戸へ声を投げたような沈黙だった。それじゃあ、再来週もう一度診てみましょう。まあ、もしかしたら心拍が出てくるかもしれないし。間を置いて、医者が嚙《か》み合わないことを言った。
ショックを受けるのは変だ、と思う。だって、何度も読んだのだ。そう珍しいことではないと、どんな手引き書にも書いてあった。期待しすぎないよう、そのたびに自分に言い聞かせた。もしだめでも次がある。それだけだ。

それなのに、誰もいない家に帰宅して玄関の扉を閉めた瞬間、眼球の奥の重要な器官がぱちんと鋏《はさみ》で断ち切られたみたいに大粒の涙がぼろぼろと落ちた。なんで泣いているんだ、と醒《さ》めた意識が問いかける。愛着を持つほど長く腹の中にいたわけでもない。母性愛なんてよくわからないものはこれっぽっちも芽生えていない。なにが悲しいのかわからない。ただ、強く叩かれて痛いと感じるように、体がショックで痺《しび》れている。驚いた。私の中に、私の知らない大きなものが居て、理性や意識よりもよっぽど深い、得体の知れない場所で嘆いている。

出張中の夫はなかなか電話に出ない。仕方なく検査の内容をメールで伝え、それから、他に電話をできる相手が思いつかなかった。親は両方とも早くに病で亡《な》くしている。再検査の結果が出るまで、夫の両親には言わない方がいいだろう。女友達はみなそれぞれのことで忙しいから、迷惑をかけたくない。嘘《うそ》だ。おめでたいことならともかく、流産するかもなんて縁起の悪いことを伝えても、反応に困らせるだけではないかと心がすくんだ。だから、翌々日の日曜日に入れていたさゆりとの約束を思い出した時には、仮病を使ってキャンセルしてしまおうかと思った。それでも、なぜか断りの電話を入れる決心がつかず、気怠《けだる》い体を引きずって待ち合わせのカフェへと向かった。

鳩の死骸が目の奥に焼きついている。ぬいぐるみを抱く腕に力を込める。さゆりとの時間はけして悪くはなかったけれど、あんな不吉なものを見るなんて、やっぱり行くべきではなかったのだろうか。

ストッキングに締めつけられた下腹部がちくりと痛む。微熱と、眠りがやたらと深いのと、ふとした臭いですぐに胃の中のものを吐いてしまうのと、腹の痛みが、私のつわりの症状だ。手探りで痛んだ箇所をさすった。今まではここに違うものが生きているのだと思い、奇妙で、少し恐ろしくて、楽しかった。今は、生きているのか死んでいるのか、わからないものがここにいる。

枕元《まくらもと》のスマホが鳴った。夫だろうかと手を伸ばすも、画面の番号に見覚えはない。眠くて眠くて、まぶたを閉じたらぱちんと意識が切れそうだ。けれど、生徒になにかあったなど、仕事関係の緊急連絡だったらまずいので通話ボタンを押す。

「はい」

聞こえたのは、低くがさがさとした女の声だった。

「私だよ、坂下《さかした》のおばだよ」

もしかして、夫の係累《けいるい》だろうか。彼には親族が多い。年始の挨拶《あいさつ》回りで出会った顔を思い返すあいだに、女は続けた。具合が悪くてこもってるんだって？　すぐに行くから待ってなさい。辛《つら》かったら、鍵だけ開けておいてくれれば勝手に色々やっておくから。早口で言うだけ言って、あっさりと通話が切れる。親密で少しおせっかいそうな、温かな口調だった。

体に力が入らない。なぜか女の言葉を拒む気が湧《わ》かず、シーツに手をついてゆっくりと上半身を起こした。玄関扉の内鍵のつまみに手をかける。ひやりと冷たい金属に触れた瞬間、なにかが頭のすみをよぎった。

鍵を。

鍵を、なんだっただろう。それよりも、こんなにつまみを冷たく感じるということは、また熱が出ているのだろうか。厄介だ。月曜も仕事なのに。鬱々としながら、ぱちんとつまみをひねる。汗の染《し》みた布団へ戻り、ふと我に返って猫のぬいぐるみを押し入れの奥、羽布団と羽布団のあいだへしまった。ふすまを閉めて再び布団へ寝転がる。

目をつむると、体にふつりと穴が開いて空気が漏れていくように熱っぽい意識が拡散した。泥のような眠りへ、落ちていく。

眠りながら、薄い爪《つめ》でちらちらと肌を引っ掻かれている気がした。フローリングの床を体重の軽いものが歩く音がする。なんだろう、と思ううちに、甘い煮物の出汁《だし》の匂《にお》いが鼻腔《びこう》をいっぱいに満たした。目を開く。

黒いセーターにジーンズを合わせた見知らぬ女がこちらに背中を向けて、台所で料理をしていた。

「起きたの？」

振り返った顔は、柔らかさと厳しさの混ざり合った感じのいいものだった。細い首筋がひんやりと濡れたように光っている。私よりも、一回り以上は年上だろう。おばなのだから当たり前か。おとといから積み上がっていた流しの食器が片付けられている。洗濯物も内干しされて、居間には掃除機がかけられていた。

整えられた部屋を見るうちに、くたくたと体の力が抜けた。すみません、とつい口走る。女はそれに答えずに、ごはん食べなさい、とうながした。食卓には、土鍋《どなべ》いっぱいのすき焼きと、こんがりと焼けたさばと、白菜の浅漬けと、炊《た》きたての白飯が並んでいる。女の味つけは幼い頃に食べた親族の家の夕飯のような、なつかしさを感じさせるものだった。

二時間も一緒にお茶を飲んでいたさゆりには言えなかったことが、訪ねて来てくれた女にはたった十分で言えてしまった。検査について、これからの可能性について。女は特に興味もなさそうな顔でそれを聞き、赤い部分の残る肉をすするように食べた。

「子供なんて、うまくいかないものだよ。だからどんどん産むんだ」

「おばさんも産んだんですか」

「産んだよ、たくさん。だめだったのもたくさん。あなた、産めなくなるわけじゃないんでしょう?」

「たぶん、今のところは」

「卵が尽きるまで産んだら、始めに死んだ子供のことなんて忘れるわ」

まだ死んでないです、と噛み付くように言い返す。女はふん、と鼻で笑った。

「同じことだよ、弱いってことだ。弱いのっているんだよ。仮に持ち直しても、またダメになる。でもそれだって、大したことじゃない。またいくらでも作ればいいんだ」

身も蓋《ふた》もなく言い切って、女はがつがつと肉を食べる。私は取り皿のしらたきをしばらく眺め、気怠さをおして口へ押し込んだ。

お腹《なか》がふくれたら無性に眠くなった。使った食器を片づけようとするも、女は邪魔そうに顔をしかめて私を洗面台へ追い払った。いいから、また寝ていなさい。女の声は、なぜか私をうっとりとさせた。今まで無意識に力を込めて握りしめていたものを、手放すことが許された気分になる。言われるままに歯を磨き、人のかたちにふくらんだ布団にすべり込んだ。

胃にものが入ったのでうっすらと気持ち悪く、吐きたい。これもつわりの一種なのだそうだ。生きているのか、死んでいるのか、わからないのに体は痛む。自分の体の中の出来事なのに、私はなにもわからない。手のひらで下腹部を撫でる。目を伏せて吐き気をやり過ごすうちに、またことりと暗い場所へ落ちた。

真夜中に、目が醒めた。ぐるううう、ぐるううう、と低いうなり声のようなものが聞こえる。顔の真横になにか温かいものがうずくまっている。炒《い》った穀物に似た匂いが鼻先をかすめる。顔を傾けると、そこには一抱えほどのまっ黒い鳥がうずくまっていた。くちばしの太い、大きな鳥だ。

心臓が跳ね上がる。ああ、弱いものを食べに来たのだ。この鳥はそういうものだ。それがわかっているのに温かい羽毛が心地よくて、胸がとろけるようで、ずっとここに帰りたかった気がして、私はまるで金縛りにあったようにその場から動けない。

翌朝、女は家の中にいなかった。けれど鳥の体臭が濃く濃く残されていたので、また来るのだろうとわかった。わかったけれどどうという気分にもならず、私は冷蔵庫に残されていたすき焼きの残りを温めてお腹を満たし、吐き気をこらえて家を出た。長い坂を下りて駅へ向かい、三駅隣の職場へ出勤する。

午前中は書類仕事を進め、午後には生徒たちの進行具合を確認しながらそれぞれの進度に合わせたプリントを用意する。午後四時、出勤してきたアルバイトの大学生に指示を出し、学校帰りの子供達を迎えた。子供達、特に小学生の男の子は土と蜜柑《みかん》を混ぜたような臭いがする。近づくと、一日分の汗に濡れた髪からぷんと香る。反対にスカートを短くした中学生の女の子は、柔軟剤みたいな化学的で淡い臭いがする。

　妊娠してから、周囲の臭いがやたらと鼻につく。生徒の質問に答えようとホワイトボードに向かい、きゅぽんとペンの蓋を開けた瞬間、あふれ出したアルコールっぽい臭いにやられて胃が収縮するのがわかった。喉《のど》の奥に力を込め、あまり息を吸わないよう気をつけながらかけ算の解き方を解説する。座っていられない子供を叱《しか》り、なだめ、これが終わらないと帰れないよ、とプリントへ向かわせる。つるかめ算、数列、四則計算、二次関数を個別に教える。窮屈そうに手足を折り曲げて机へ向かう学ランの男の子の、文化祭委員マジだるい、誰も言うこと聞かないし、という愚痴を聞く。

　大学在学中に、なにか資格があった方がいいだろうと教員免許を取った。卒業後、縁のあった私立の小学校に三年勤めた。人づてに知り合った夫と結婚してからは、より時間の融通が利《き》きやすい学習塾の講師になった。前の職場にも今の職場にも、子供がかわいくてかわいくて仕方がない、という人はそれなりにいた。けれど私は、あまり子供をかわいいと思ったことがなかった。むしろ、教えること、込みいった概念を噛み砕いて説明することが気持ちよくてこの仕事をやっているのだと思う。

　けれど今日、背中を丸めてプリントへ向から生徒たちを見ながら、とても不思議な気分になった。育たないかもしれないと告げられた先週の診察の直後、青ざめながら掻き集めた付け焼き刃の知識を思い出す。排卵日付近で性交をした場合、受精をする確率は八割近いが、そこから受精卵が子宮に着床できる確率は半分以下なのだという。さらに、無事に着床しても、そのうちの一、二割は様々な理由で妊娠を維持できずに流れてしまう。すべての数字を、先ほど生徒に教えたように頭の中のホワイトボードへ書き付けてかけ合わせる。子供が無事に産まれるなんて、ちょっとした奇跡みたいなものだ。

そんな神々《こうごう》しくも尊い奇跡たちが今、私の目の前にずらりと汗くさいつむじを並べ、消しゴムかすを散らかしながら息を詰めて問題を解いている。まだ首が据わったばかりで頼りなかったさゆりの息子も、ほんの数年後には彼らのような精悍《せいかん》で美しい骨格を手に入れて、カラフルなシャーペンを握るのだろう。

君には奇跡が足りないのか。情けない思いつきに顔が歪《ゆが》み、常に違和感のある下腹を撫でた。もっと、立ち上がれないくらい痛くなればいいのに。生きている、と教えて欲しい。

一日を終え、生徒とアルバイトを帰して片づけをしている最中にスマホが鳴った。ディスプレイには夫の名前が表示されていた。

体調は、と開口一番に彼は聞いた。

「変わらないよ」

「そうか、とりあえずよかった」

ぜんぜんよくない。大きなものをなくしているかもしれないのに、今までとまったく変わらない、わからないのは、気味が悪い。手術のことも調べてしまった。体の奥まで冷たい金属を差し込まれる想像をして震えた。ただでさえ人手が足りないのに、仕事をどう調整するか考えるだけで暗澹《あんたん》とする。今後の貯金とか仕事のこととか、細々とした悩みはあるけれど、自分たち夫婦は特に切羽詰まった問題を抱えているわけでもなく、安定した関係を築けていると思う。けれど体の内側の物事はどうしたってわけ合えない。かり、とスマホのすみを親指の爪で引っ掻く。

「結果が出たら、すぐに連絡してな」

「ねえ、いつになったら帰ってこられるの？」

「うーん、同じ職場に、子供の手術のときにも帰れなかったって人がいるくらいだから、難しいんだ。家庭の事情を持ち込むなって、上司も取り合ってくれない。まあ、まだダメだって決まった訳じゃないんだろう？　安静にして、なるべくなにも考えないで、こないだ買ったＤＶＤでも観《み》てろよ」

私がこんなに恐ろしい場所にいるのに、どうしてこの人は助けに来てくれないのだろう。言われた内容がうまく理解できないまま、それじゃあ、だの、また電話するから、だの、なんの意味もない言葉を連ねて電話を切る。会話を切り上げたのは自分なのに、ディスプレイの表示名が消えた瞬間、世界から取り残された気がした。無性に古ぼけたぬいぐるみの猫に触れたかった。背中を撫でて、ぎゅっと潰《つぶ》さんばかりに抱き締めたかった。

疲れ果てて夜半に帰宅すると、家にはまた鳥の女がいた。台所から温かい湯気が湧いている。女はなにか足りないものでもあったのか、浴室の隣の収納扉に手をかけていた。きらりと光る目で私を見て、扉を閉じる。

「おかえり」

「ただいま」

「ごはんだよ。手を洗ってきなさい」

家に帰ると食事の支度ができていて、そんなことを言われるなんて、いったい十何年ぶりだろう。食卓ではモツ鍋が煮えていた。味噌《みそ》とニンニクと鷹《たか》の爪がきいていて、鳥がこんなものを食べて大丈夫なのかと妙なことが気になった。

女はぷるりとふくらんだモツを肉厚の唇へ次々と吸い込んでいく。食べれば食べるほど女の肌は潤《うるお》いを増し、光を放って若返っていくように見えた。私はもともとモツやホルモンなどの臓物系があまり好きではない。けれど女の食べっぷりを見ているうちに、この野蛮な生臭さこそがおいしいのだという妙な気分になった。ニンニクと一緒に口へ放り込む。

夫から電話があったことを言うと、女は脂《あぶら》に濡れた唇の両端をつりあげて笑った。

「男を頼ったってだめよ。女よりもずっと、こういうものを怖がるの。最後には暗さになじめないで、逃げてしまう」

「ユウちゃんはそんな人じゃない」

憮然《ぶぜん》として言い返す。ふん、と鼻から空気を抜いて、女は馬鹿《ばか》にした顔で私を見た。

「いい子ぶりっこしてないで、ずたずたに傷つけて、思い知らせてやればよかったのに」

「そんなことしない。大切だもの。それに、こうなったのは、ユウちゃんのせいじゃないから」

「じゃあ、誰のせいなの」

受精卵が、とまず思う。そういうのは染色体になにか異常があって、だから、考えても仕方なくて、でも、代謝の悪い胎盤は良くないって前に待合室でしゃべっていたおばあさんが言っていたから、本当は私のせいなのかもしれない。違う、まだ、まだわからない。

「誰のせいでもない」

へえ、と興味なさそうに頷く女の顔が、びっくりするほど誰かに似て見えた。とっさに呼びかける言葉を失うほど懐《なつ》かしくていとしい、会いたくて仕方がない人だった。

「どうしていなくなっちゃったの」

女だということを忘れて、思わず聞いた。女は今度はなにも言わずに、また唇だけで笑った。

私の他に、子供のいない家だった。両親を亡くしたのち、育ててくれた祖父母も私が成人する頃には亡くなった。私自身も事故で死にかけたことがある。私は相次ぐ死に飽きていたのかもしれない。子供について、だめかもしれない、と言われたときにあんなに泣いたのは、悲しかったのではなく、腹立たしかったのかもしれない。私よりよほど暖かい毛布にくるまれているように見えるさゆりや、他の友人たちの人生を、恨んだのかもしれない。

本当だろうか、そんなに簡単に説明のつくことなのだろうか。鍋をつつく女の顔は、もとの知らない他人の顔に戻っている。

「憎んでいるのね」

嬉《うれ》しそうに、女が言った。誰のせいでもないことばかりでうんざりする。私は糸で引かれるように頷いた。さゆりも夫の勇治《ゆうじ》も、ふとした瞬間に軽々と、寒さを感じるほど遠くへ行ってしまうのに、この女はけして私から離れようとしない。常に手足を絡《から》めたような距離で添ってくる。秘密を囁《ささや》く甘い声が、耳の内部を湿らせる。

「別に、誰だってよかったのよ」

「え？」

「一日に千人死ぬ代わりに、千五百人が産まれる。それがこの世の約束だもの。誰かが無傷の美しい赤ん坊を抱くなら、誰かが死んだ赤ん坊を引き受けなきゃならない。それがたまたま、あなただっただけ。そこにはなんにもないの。誰も見てくれないし、褒めてもくれない。だけどあなたは逃げられない。永遠にこの帳尻《ちょうじり》は合わないまま。――ねえ、そんなものに執着するのは、馬鹿馬鹿しいと、思わない？」

「お願いやめて」

耳を塞《ふさ》げども、女のなめらかで艶《つや》のある声は指のすき間からするするともぐり込んでくる。どれだけひどいことを言われても、指を完全に閉じて拒む気になれないのは、この女の言うことが本当だからかもしれない。誰も言ってくれなかった本当のことを、この女はただ奥まった場所から取り出しているだけなのかもしれない。おいしかった、と早々に食事を切り上げて箸《はし》を置くと、もっとおいしいお肉があるのよ、と言われた。見つけたら一緒に食べましょうね。歌うような響きに、頭の芯《しん》が鈍く痺《しび》れる。

「これはだめ」

眠さに崩れ落ちそうになりながら下腹部に両手を当てて女を見据える。女は白けた様子で、そんなうずらの卵みたいなもの、と鼻を鳴らした。

真夜中に、また目が覚めた。私はなにか、ひどく温かいものに埋もれている。しばらくしてそれが布団ではなく、伸ばした腕がずぶりと埋まるほど深い、鳥の羽毛であることに気づいた。夜の色をした巨大な鳥が、卵を抱くのと同じ姿勢で私の上にのしかかっている。鳥の足もとは脳みそが茹《ゆ》だるくらいに熱く、柔らかく湿っていて、しっかりと重さがかかって動けないのがまた、だらだらと涙がこぼれるくらい気持ちよかった。両手を開いて鳥を抱えた。まるで鳥と私とで心臓を共有しているみたいに、どくん、どくん、と一つの拍動が体を揺さぶる。夜毎《よごと》、鳥は大きくなった。私はますます羽毛の奥深くへと沈み、鳥の一部になっていく。

数日後、さゆりから電話がかかってきた。

週明けにも実家を離れて他県の夫の元へ帰るので、その前にもう一度会わないかという誘いだった。ふんわりと光を放つような美しい母子像を思い返すと気が重く、断ろうかとも思ったが、らしくない誘いだな、と少し引っかかった。さゆりはあまり感傷的なタイプではなく、これまでは別れを惜しんだりせずにさっさと旅立つことが多かった。

仕事を早めに終わらせてさゆりの実家からほど近い駅で待ち合わせ、イタリアンレストランの個室に入った。昼間にずっと遊んではしゃいでたから寝たままだと思う、とさゆりは抱っこひものなかの翔太くんを覗《のぞ》き込む。本当は実家で寝かせておきたかったが、まだ三時間毎の授乳が必要な上にどうしても粉ミルクを飲んでくれず、さゆりが行く場所にはすべて連れて歩くしかないのだという。そんなことを、さゆりはなぜか申し訳なさそうに言う。ノンアルコールビールで乾杯し、おつまみやピザを頼んで気分だけでも飲み会らしくした。

「なにかあったの」

早く帰って鳥に埋もれたかったので、早急に切り出す。さゆりは唇を曲げ、言葉を探すように間を空けた。

「とかげがくるの」

心臓が痛いくらいに高鳴るのを隠し、とかげ？　と素知らぬ顔で聞き返した。途端に、嗅《か》いだ覚えのあるなまぐさい臭いがぷん、と鼻先をよぎる。目の前の、さゆりの体から濃く臭った。さゆりは真面目《まじめ》な顔で何度も頷く。なんでもさゆりの身の丈ほどの巨大なとかげは、翔太くんを産んだ直後から現れるようになったらしい。二人で眠っていると、ぐるぐると布団の周りを這《は》い回る。冷たく濡れた舌で布団からはみ出た手足を舐《な》めながら、恐ろしいことを囁くのだという。

「どんなことを囁くの」

「言えない」

青ざめて、さゆりは首を振る。言ったら誰にも許してもらえない、と顔を歪めた。

「とかげの言うことなのに」

「とかげの言うことだけど、本当は私が思っていることなのかもしれない。とかげはそれを、盗み聞きしているだけなのかもしれない」

さゆりはふらりと手を浮かせ、胸元で眠る翔太くんを強く抱いた。それから彼女は、未《いま》だに見知らぬ土地の雰囲気に慣れないこと、翔太くんを連れて外を歩いていると常に周囲から睨《にら》まれているように思えて苦しくなること、翔太くんが産まれたとき、人間一人というとても重くて尊くて絶対に傷つけてはならないものを抱えてしまった、もうどこにもおろせない、とパニックになったことなどを語った。その悩みのどれもがふんわりと想像はできても、私には実感のないことだった。とかげなんてこちらを傷つけてくるような牙《きば》もくちばしもないし、取り憑《つ》いてくるにしても間抜けっぽく感じられて、話だけでは怖さが伝わらない。あなどりや、軽んじる心が湧いてしまう。どこまでもどこまでも一体になって彼女を支えたいのに、できない。

気がつけば、口からぽろりと言葉がこぼれ出ていた。

「うちには鳥が来るの」

「とり?」

「大きな鳥。まっ黒な」

唇が震えた。憎んでいるのね、と女の声が耳に蘇《よみがえ》る。ちくりちくりと痛む子供を、子供になる手前のものを、流されまいとしがみついているものをそっと撫でた。

「このあいだは、言えなかったことがあって」

前回の健診で言われたことを伝えると、さゆりは静かに目を見開いた。席を立ち、眠る翔太くんを慎重に長椅子《ながいす》へ横たえてから私の方へと回り込んでくる。昔に比べて厚くなった身体《からだ》でぎゅっと私を抱き締めた。胸は、お腹は、産後は痛くないのだろうか、大丈夫だろうか、と思いながら彼女の体を抱き返した。熱くしっかりと硬い、違う心臓を持つ力強い体だった。なまぐさいとかげの臭いと、ほのかに甘くうとましい他人の家の臭いがした。どれだけ抱いても、抱いても、二つの肉の体の間にはすかすかとすき間が空いている気がした。

絶対にだいじょうぶ、とさゆりはぱちんと光が弾《はじ》けるような声で言った。

「なにがあっても日菜子は絶対に、絶対に、だいじょうぶ」

「私も、どんな悪いことを考えても、さゆりの味方だからね」

短い抱擁を終えて、翔太くんが動き出す前にさゆりは急いで席へ戻った。

帰りに駅ビルのアクセサリーショップで色違いのブレスレットを買った。こんな子供じみたおそろいは高校生以来だ。あの頃はこんな儚《はかな》い糸をいくつも結んで、一生懸命なじめない世界に自分を縛り留めていた気がする。好きな本、CD、お菓子、アクセサリー、化粧。友人との、小さな約束。次に会う日の相談をして、駅のホームで手を振った。腕を下ろしたあとは、それぞれのどうしようもない夜へ帰っていく。

玄関の戸を開けた瞬間、鳥の臭いがむせかえるほど濃くなっているのに気づいた。

相変わらず、食卓では湯気を立てた鍋が煮えている。女は私の寝室にいた。

「おかえり、ちょうどよかった。やっと見つけたところだったのよ」

言って、女は襖《ふすま》を開け、長い腕をぐううっと羽布団のすき間へ差し込んだ。途端に息が苦しくなり、お腹の奥がきんと冷えた。内臓をまさぐられているようなおぞましさに吐き気がする。たまらず流しへ向かい、ノンアルコールビールとピザの切れ端とオリーブのかけらが入り混じった酸《す》っぱい液体を吐いた。そうする間にも女は上機嫌で腕をうごめかせ、なにかを探していた。

やがて、熱く質量のあるものがずるりと体から引き抜かれた。急に呼吸が楽になり、体中の痛みが氷のように溶け消えた。顔を上げると、女は片手に桜色の艶《なま》めかしい肉を握っていた。肉は大輪の芍薬《しゃくやく》のように薄い部分が重なって、ふんわりと膨らみ、厳かな脈を刻んでいた。とてもとても傷《いた》みやすいものだとわかった。私が守ってきたものだ。どんな時にも腕に抱いて、慈《いつく》しみ、傷を舐めては庇《かば》ってきた。

全身の毛がぞわりと逆立ち、返して、と叫んで女につかみかかった。女の姿がふいに裏返り、艶めかしい黒い羽毛が部屋を埋めんばかりに膨れあがった。

腕を伸ばしても伸ばしても奥深い羽に飲まれるばかりで、肉の花に辿りつかない。いつしか全身が熱っぽくて芳《かん》ばしい羽毛に飲み込まれた。脳が茹だる。弛緩する。いくら力を込めてもすき間の埋まらないさゆりの抱擁とは全然違う、肌のオウトツどころか毛穴の一つ一つにまで温かい液体が流し込まれるような陶酔感だった。

「湯通しするとコリコリして、とってもおいしいのよ。あなたもきっと気に入るわ。もうずらの卵やくだらない夫や、つまらないことで悩まなくていいの」

熱い闇《やみ》が細やかに震え、優しくしてあげる、と囁きかけてくる。圧のかかった肉の花が危機を察して強く脈拍を打ち始めた。どくん、どくん、と闇を震わせる。どくん、どくん、どくん。いくら深くもぐっても女の音は聞こえない。ここは、私一人の鼓動が響く無音の闇だ。耐えきれずに、強く叫んだ。

「だって、あなたは死んでいるじゃない！」

ふいに体を包んでいた羽毛が柔らかさを失い、奥行きを失った。埋もれていた顔を上げ、天井に頭がつかえるほど大きくなった鳥の黒々とした目を睨みつける。鳥の表情はわからない。ガラス玉のような黒い目で私を見下ろしたまま、くり、と首を傾げた。鋭いくちばしのラインが水を流したように光る。

「私は弱いものみたいに、理不尽にあなたを苦しめないわ。いつまでだって抱いていてあげる」

「あの人たちは、生きていたんだから仕方ないのよ！」

仕方ない、と口にした途端に、痛いくらいに張りつめていた体からどっと生温かい液体が抜けていくのを感じた。私の子供もそうだ。生きていて欲しい、私とは違う心臓を獲得して欲しい。仮にそれが果たせなくとも、精一杯に戦って生きようとしたのだ。忘れるよりも、悲しむよりも、恨むよりも、褒めてあげたい。そして私もいつか敗れ去るとき、見ていてくれた誰かに褒められたい。

「何度だって産んであげる。この子が千の死人の一人になるなら、この世の約束事を越えるまで、何度だって母親になって産み直してあげる。私たちは傷つかない。——だから、あなたは、いらないの」

出ていって、と強く言うと、体を包む闇がたわんだ。ぞわぞわと波うち、空気が抜けるようにしぼんでいく。始めは見上げるほどに大きかったのが次第ににわとりサイズになり、最後には鳩ほどの大きさになって畳を走り回った。捕まえて外に出そうとしたけれど、押し入れの奥の暗がりに逃げられて見失う。

女が去った後の寝室には古ぼけた猫のぬいぐるみがぽつりと転がっていた。拾い上げ、みぞおちのくぼみに固く抱き込む。繊維がささくれ立った猫の頭を撫で、がんばったよ、と小さく褒めた。

翌日から、掃除に精を出した。出勤前に窓を開け、換気扇をフルパワーで回して部屋に充満する鳥の臭いを抜いていく。洗濯物も食器も戸棚も、あらゆるところに鼻に残る粘っこい気配が染みついていた。部屋中にたまった羽毛を掃除機で吸い、カーペットに残った微細な毛は粘着テープで剝《は》がしていく。時々、背後をとととと、と軽い気配が通り過ぎる。振り返ると、黒い尾羽が違う部屋へと消えていく。まだあの鳥はいるらしい。いるけれど、私を脅《おびや》かせないくらいには小さくなった。

夜になると、鳥の気配がまたむくむくと膨らむのを感じる。私が弱くなるからだろう。さゆりと買ったブレスレットを付け、夫にメールをした。

【DVDじゃぜんぜん気が晴れない。やなことばかり考えてしんどいの。なにかもっと気分転換になるものないかな?】

悲しみの根源、下腹部の痛み、私を飲み込む黒い鳥について理解されなくても、助けを引き出すことはできる。生きている者同士のすかすかと心もとないすき間を越えて、夫は東南アジアの美しい写真とその日あった笑い話を送ってくれるようになり、自分の部屋のキャビネットに入っている古いファミコンのありかを教えてくれた。将棋や麻雀《マージャン》やパチスロなどのレトロなソフトで一通り遊び、私が一番はまったのは花札だった。花鳥風月の美しい札を集め、高い役がそろうとすかっとする。いつのまにかスマホにもアプリをダウンロードして、職場の休憩時間にもぴこぴことといじり続けるようになった。

鳥の女が使い続けた土鍋だけ、いくら洗っても奇妙な臭いが取れなかった。仕方なくそれは燃えないゴミへ出すことにして、代わりの鍋をホームセンターに買いに行く。キッチンコーナーへ向かう途中の清掃コーナーで、いいものを見つけた。屋内の掃除に使う、平筆に似たかたちをした全長七十センチほどの小さなほうきだ。百八円だった。土鍋と一緒にそれも購入して、寝室の手に取りやすい位置に置いておく。

木曜日の夜、女は再び姿を現した。私は明日の診察のため、スマホを使っていつもの婦人科のクリニックへ予約を入れているところだった。

「わかってるのよ、こわいんでしょう？　そんな弱いの、産んだって大変よ。きっと色んな苦労をあなたの中に引き込むわ」

女は親しげに語りかけてくる。私はなにもしゃべらずに立てかけてあったほうきを手にとり、女の顔へ振り下ろした。ばさ、と音を立てて女をぶつ。女は白い顔を歪めた。二度、三度と打ち続けるうちに、みるみるしぼんで鳩サイズの黒い鳥の姿へ戻った。つかまえようと背を屈《かが》めるも、するりと手のあいだを抜けて逃げていく。

鳥が消えることはないのだろう。生きている限りは何度でも、私から汲《く》みだした言葉を耳元で囁きかけてくる。その一々に私は揺らぎ、だけど、抗うことをやめないと思う。不吉な検査結果にがく然としながらさゆりとの約束を思い出した日、それでも断りの電話をかけなかったのはきっと、負けたくなかったからだ。幾度となく人生をおびやかす不条理の波に、負けたくない。そんな意固地な自分を、私はけして嫌いではなかったはずだ。

鳥を追い払ったついでに寝室の掃除をしてほうきを置く。少しぼうっとして、明日の朝食の米を炊いた。

金曜日、二週間ぶりに婦人科のクリニックを訪ねた。待合室には私と似た世代の女が多い。みんな仕事帰りなのだろう、A4の書類が入りそうなバッグばかり持っている。そんな中にぽつりぽつりと、制服姿の女子高生が混ざっていた。誰も彼も強《こわ》ばった表情で宙を睨みつけている。この中にも、私やさゆりと同じように、夜の獣に絡みつかれている女がいるのかもしれない。

このクリニックでは診察室と処置室以外の場所、待合室とトイレなら携帯機器の使用が許されている。私はスマホを取りだし、音をサイレントにして花札のアプリを起動した。なにかをしていなければ落ち着かなかった。お腹が痛い。ずっと痛い。画面をタップする指先が氷のようだ。生きていて、生きていて。でも、生きていなくてもきっと、愛している。ちゃんと戦ったと褒めてあげる。まず松に乗った鶴《つる》の札、続いて幕が掛かった桜の札がそろう。芒《すすき》の丘に昇る満月と、柳の下の小野道風、最後に鳳《ほう》凰《おう》が舞う桐《きり》の札が舞い込んだ。美しい五枚が画面の端にずらりと並ぶ。最高役の、五光が輝く。

なんてことだろう、初めてそろった。

「大村《おおむら》さん、大村日菜子さん」

看護師の呼ぶ声に、はい、と上擦《うわず》った声を返してスマホの電源を落とす。だいじょうぶ、だいじょうぶだよ、と下腹をさすり、診察室の扉をくぐった。

ゆびのいと

結んで、うっとりする癖があった。つやつやと光るシルクのリボン、湿ったように柔らかなウールの毛糸、少しの力で切れてしまうしつけ糸。一端を光樹《こうき》の小指へ、もう一端を自分の小指へ結びつけ、千尋《ちひろ》は一すくいの蜂蜜《はちみつ》を口へ入れて貰《もら》ったようにくふくふと笑う。

「なにがそんなにおかしいの」

「おかしいんじゃない、うれしいんだよ」

一緒に寝よう、朝起きてまだつながったままだったら、もっとうれしい。そんなことを言うくせに、彼女が作る結び目はいつも簡単にほどけてしまいそうなくらいゆるかった。

「強く結んだら、つながってるのが当たり前になっちゃう。ゆるくしても、お互いの腕の角度とか、寝返りのタイミングとか、小さな奇跡が続いてつながっていられたなら、ちょっとした運命みたいで嬉《うれ》しくない？」

ふうん、と相づちを打ち、枕《まくら》に頬を預けた光樹は、闇《やみ》の中でもしんと光る千尋の目を見返した。もしかして彼女は、ひもを使った夜には必ず暗闇で目を凝らし、お互いをつなぐ運命がほろりとほどける瞬間を見続けているのかもしれない。そうだとしてもまったく意外だと感じさせない、なにかしらの凄《すご》みが千尋にはある。

楽しさよりもわずらわしさを多く感じていたにもかかわらず、千尋のひも遊びを拒まなかったのはなぜだろう。並んで横たわる夜、光樹は寝返りを打たないよう細心の注意を払って眠りにつき、朝には背中や腰に鈍い痛みを感じて目を覚ました。

どれだけ慎重に意識を手放しても朝になったらひもはほどけ、どちらかの小指から、まるで弛緩《しかん》した蛇の死体のようにシーツへだらりと伸びていた。


大学を卒業して数年がたち、蛇の代わりに涼しげな銀の指輪でお互いを結び合うようになった。千尋は眠るときも風呂《ふろ》に入るときもけして指輪を外さず、光樹も自然とそれにならった。

おやすみ、と声をかけ合って新しい寝室の新しい布団《ふとん》に並んで体を横たえる。自由に寝返りが打てる心地よさを噛《か》みしめながら、光樹は暗い天井に片手をかざした。薬指を縛める細い指輪を眺める。けしてちぎれることのない透明な糸が、自分の薬指と彼女の薬指をつないでいる様を想像した。その糸はどこまでもどこまでも伸びる。今《いま》はほんの一メートルほどの長さでも、日中は自分の職場から彼女の職場まで、数十キロの距離を余裕で結ぶ。

今まで自分がなにげなく居合わせてきた社会、通勤電車や、オフィスや、日中の交差点では、そんな目に見えない契《ちぎ》りの糸が無数に行き交い、交差し、蜘蛛《くも》の巣のような文様を描いていたのだ。持ち上げた腕を大振りにシーツへ下ろし、びよんと透明な糸をしならせる。

焼き場から帰った日にも、千尋は変わらず台所に立って夕飯を作っていた。線香の煙が染《し》みた礼服姿のまま、光樹は部屋の入り口に立ちつくす。おかえり、と当然のように迎えられ、口から出たのはあまりに間抜けな一言だった。

「焼かれたんじゃないのか」

「焼かれたよ。肉は腐っちゃうから、仕方ないね」

千尋はまるで冷蔵庫で傷《いた》んでいた食材を廃棄するような口調で言って、テーブルに料理を並べ始めた。きつね色の唐揚げと根菜の煮物、青菜と豆腐の味噌汁《みそしる》。いつもと変わらない、色合いは地味だけれど手の尽くされた彼女の料理だ。

そうか、仕方ないのか、と口でなぞり、光樹は風呂敷に包まれた骨箱を寝室へ置いた。食卓へつき、いただきますと手を合わせ、慣れ親しんだ料理を食べ始める。千尋は自分では箸《はし》を付けずに、唐揚げを頬ばる光樹をじっと見つめた。

「体がなくなったって、私は光樹の奥さんだから。ごはんも作るし、お世話もするよ」

凛《りん》とした力強い宣言に、光樹はああ、と相づちを打った。それはその通りだ。戸籍にだってきちんと残る。千尋の左手に目をすべらせる。青白い薬指には、骨箱に入れたはずの結婚指輪がきちんと輝いていた。

唐揚げの最後の一切れは、やけに丸っこい奇妙な形をしていた。歯を立てても骨に当たってばかりで、なかなかまとまった肉が嚙みとれない。

「それが一番大事なの。裏返して、そう、骨を外して」

ようやく骨に囲まれた内側の、柔らかい部分に辿《たど》りついた。囓《かじ》りつき、口の中に転がり込んできた強烈な生臭さに光樹はえずく。

「なんだこれ、生なのか?」

「違うよ、ちゃんと火は通ってる。レバーとかと同じで、少し癖があるんだ。すぐに慣れるから飲み込んで」

まるで血の塊のような肉を息を止めてごくりと飲み込み、光樹は急いでお茶をあおった。水分が気管に入ってしまい、たまらずむせる。なにやってるのと呆《あき》れた声で言って、テーブルに頬杖《ほおづえ》をついた千尋はそこでようやく笑顔を見せた。

風呂上がりに千尋を抱きしめる。死者の肌は葬儀場の安置室に横たわっていたときと変わらず、無機物のように凍えて固かった。湯に火照《ほて》った光樹の肌から、みるみる熱が吸われていく。

「あったかいなあ。一人だと、ものすごく寒いの」

震える妻の手を引き、光樹は敷きっぱなしの布団へ入った。かけ布団と毛布を重ね、両腕を千尋の体へ回す。どれだけどれだけ与えても千尋の肌はけして満ちることなく熱を吸い、芯《しん》まで凍えた光樹は二度も熱いシャワーを浴びに布団を抜けなければならなかった。

目を閉じた妻の背中に腕を添えて、寒さをこらえて目をつむる。寝返りを打ってはいけない。繋《つな》がりをほどいてはいけない。どれだけ念じても、明け方にはほどけてしまう。

次に目を開いたとき、布団の中に千尋の姿はなかった。光樹は何重にも被《かぶ》さった布団と毛布を押し退けて周囲を見回す。閑散とした室内に自分以外の気配はなく、静かすぎて耳が痛かった。

布団で蒸され、汗だくになって目覚めたのに、喉《のど》に風邪の引き始めのような違和感がへばりついている。軽い咳《せき》を落とし、テーブルの上の冷凍チャーハンの包装と食器を片づけ、光樹は骨箱と一緒に寺から持ち帰った葬具一式の包みを開いて、後飾りの祭壇を組み立てた。

次の日もその次の日も、千尋は光樹の帰宅を迎えた。当たり前のように腕を開いて夫を抱きしめ、テーブルに料理を並べ、手をつないで布団へ入った。真冬の樹木のような千尋の肌に触れていると光樹は悪寒《おかん》がして、頭痛がして、息が苦しくなった。それでも彼女が出てこない、前日からなにも変わっていない朝の部屋の方が寒い気がした。

「今日は角煮。好きだったでしょ」

てらてらと光る四角い肉に、丸みを帯びた黒い肉が一切れころりと埋もれている。この肉は千尋が毎晩作る料理のどこかに必ず入っていた。味は相変わらず生臭く、歯ざわりも筋っぽくてひどくまずい。口に含むだけで喉が痙攣《けいれん》し、食べ物ではないと体が拒む。

けれどこの肉が一番大事なのだという。なにより、食べると千尋はうれしそうに笑う。光樹は口に豚の脂《あぶら》と八角の香りが残っているうちに、急いで黒い肉を喉へ押し込んだ。

正路《まさみち》から連絡があったのは、葬儀から一週間ほど経《た》った夕方だった。どうしてる？と一行きりのメールを開き、少し考えて光樹はアドレス帳から正路の電話番号を探し出し、発信ボタンを押した。仕事帰りに行きつけの蕎麦屋《そばや》で待ち合わせる。

会って早々に正路はもともと険のある大作りの顔を、さも嫌そうに強くしかめた。寺の跡継ぎである正路とは高校からの付き合いで、光樹はこれまでに何度か彼のそういう顔を見たことがあった。

「ついてる」

「やっぱりそうなのか」

「祓《はら》ってやろうか？」

「いや、いい」

「そのままってわけにはいかないだろ。お前にとっても、奥さんにとっても、いいことなんか一つもないぞ」

「寒いらしいんだ。できるだけそばにいてやりたい」

光樹の肩の辺りに目を据えたまま、正路はますます眉間《みけん》のしわを深めた。

「残念だけど、どれだけお前が温めたって奥さんが本当に温まることはない。ただでさえ親族は引っぱられやすいんだ。中途半端《はんぱ》なことはやめて、ちゃんと見送ってやれよ」

「まだ新婚旅行に行ってない」

「はあ？」

「鎌倉に行きたがってたんだ。お互い仕事が忙しくて、都合がついたらって思ううちに、行かないまま時間が経ってしまった。俺についてるって言うなら、別れの前に連れて行ってやりたい」

板わさと桜海老《さくらえび》のかき揚げをつまみに、交互に熱燗《あつかん》をあおる。言葉を挟まずじっと光樹の言葉に耳を傾けていた正路は、やがてふーっ、と長く息を吐いた。

「死者が差し出すものは口にするなよ」

「いけないのか？」

「いけない」

だからといって、料理を残したら千尋は悲しむだろう。開いてもなお浅い溝《みぞ》が残っている旧友の眉間をぼうっと眺め、わかった、と光樹は頷《うなず》いた。

都内のホテルでウエディングプランナーをやっている義姉の遥香《はるか》が、週末に家を訪ねてきた。装飾のないシンプルなグレーのワンピースに小粒の真珠のネックレスを合わせた姿は、相変わらず粋で洗練されている。妹の骨箱に手を合わせ、彼女は長いこと目を閉じていた。

「まだ覚えてるよ。あの子が取っ替え引っ替えドレスを試着して、二時間かかってもまだ決められなくて、それなのに光樹くんは全然怒らないで、これも似合うあれも似合うって笑ってたの。もう、私なんかたまに様子を見に行くだけなのにイライラして、最後にはさっさと決めなさいって怒鳴っちゃった」

「もともとおしゃれにはうるさい方だったけど、結婚式は特に気合い入ってましたね。ドレス三着に着物もつけて、一日中ファッションショーみたいに着がえてたし」

「足してばっかりで引き算をしないのよ、あの子は。クリスマスに親から私とあの子で一つずつぬいぐるみを貰ったとするじゃない。自分の分を握りしめたまま、あっちも欲しいって大泣きするような子だった」

「ひどいな」

くつくつと喉を鳴らして笑い合う。笑っているのは本当なのに二人とも少し眉《まゆ》の辺りに力が入った、泣いているような顔になった。

「そのわがままも、けっこう馬鹿《ばか》にできないのよね。欲しい欲しいって言って勉強して、希望の大学に入って、欲しい欲しいって言って資格を取って、さっと目標だった弁護士になっちゃうんだから。その上、ずっと付き合っていた光樹くんと結婚でしょう？　片っ端から夢を叶《かな》えていく。お菓子もおもちゃもたくさんとられて、ムカつくこともあったけど、ほんとはすごいって思ってた。一回でも、生きているうちに、ちゃんと伝えておけばよかった」

遥香の目尻《めじり》を薄い涙がつるりとすべり落ちる。光樹が差し出すティッシュの箱に気づき、遥香はありがとうとはにかんだ。ぱっと光が差したように明るく爽《さわ》やかな印象の遥香と、厚ぼったい目尻に気の強さがじくりとにじみ出していた千尋とで顔立ちは全然違うのに、前髪の生え際《ぎわ》のかたちは驚くほど似ている。

「でも、私より光樹くんの方がずっとあの子のわがままを聞いてきたんでしょう。大変だった？」

「五年以内に国際機関で働き始めて、一生を平和研究に捧《ささ》げる道筋をつけるんだって。あと、三十五歳までに子供が三人。老後は俺と一緒に都内のマンションでハリネズミを飼って暮らす。ぜんぶ本気で言ってました。ハリネズミの飼育本、うちにあるし。他に、行きたい場所のページに片っ端からドッグイヤーを付けた旅行本も、ワンピースが一着数十万もするブランドのカタログも、男女の産み分け方の手引き書も」

「ほんとに、冗談みたいに聞こえる。なんでうちみたいな平凡な家からあんな子が産まれたんだろう」

まるでそこに彼女がいるかのように目尻に微笑を残した顔で骨箱を見やり、遥香は深く息を吐いた。光樹が出した紅茶で舌を湿らせ、間を置いてゆっくりと口を開く。

「前に話していた納骨についてなんだけど、うちのお母さんもお父さんも光樹さんの気が済んでからって言ってるんで、時期はお任せします。お父さんなんか、千尋は光樹くんにしかなつかない寂しがりの頑固者だったから、ずっとここに置いてもらった方がいいんじゃないかって冗談言ってるくらい」

千尋と遥香の父親は、現在大腸がんの治療のために入院している。回復の見込みは高いと聞くが、愛娘《まなむすめ》を前触れもなく脳梗塞《こうそく》で亡《な》くしてさぞ辛《つら》いことだろう。痛ましい冗談も、何割かは本気なのかもしれない。

「来週、有休を取って旅に出ようと思っていて」

怪訝《けげん》な顔をした義姉に、光樹は笑って言葉を足した。

「新婚旅行、行けないままだったんです。位牌《いはい》を連れて、名所をぐるりと回ってきます」

「優しい旦那《だんな》さんで、あの子は幸せ者ね」

朝露に濡《ぬ》れた花のように微笑《ほほえ》んだ遥香は「なにか手伝えることがあったらいつでも連絡して」と力強く光樹の手を握った。

「あと、辛くてもちゃんと寝て、ちゃんと食べなきゃだめよ。今日会ってびっくりしちゃった。げっそり瘦《や》せて……人相まで変わっちゃったみたい。本当に大丈夫？」

「大丈夫です」

その夜、千尋に遥香の話をした。

今日の夕飯はじゃがいもの端がとろけた肉じゃがだった。光樹は飴色《あめいろ》の玉ねぎに絡《から》まっていた赤黒い肉をつまみ上げる。目を凝らすと、筒状の生き物を輪切りにしたような形をしている。表面はざらざらしていて、芯は固い。そして、いつものことだけれどひどく血腥《ちなまぐさ》い。光樹は息を止めて一息にそれを飲み込んだ。

遥香の名前を聞いた千尋はみるみる目を見開いた。すごい、自慢の妹だって言ってたよ。そんな光樹の言葉も耳に入らない様子で顔を覆《おお》い、ぶん、と首を左右に強く振った。

「なんにもわかってないくせに！　なんにもわかってないくせに！」

「どうしたんだよ」

怒気をあらわにした叫び声に、光樹は心臓がどっと拍を速めるのを感じた。妻のこんな恐ろしい声を聞いたのは初めてだった。べったりとくっつき合うほどではないが、旅行に行ったときには土産を買ったり、闘病中の父親のケアについて話し合ったりとたびたび交流する姿を見ていたため、それなりに姉妹の仲は良いものだと思っていた。

肩で息をする千尋を引き寄せ、顔を隠していた冷たい指を握って温める。千尋は青ざめた唇をわななと震わせ、「なんにも」と呟《つぶや》いた。うん、と光樹は頷く。「なんにも、なんにも」。うわごとのように繰り返す妻を寝室へ連れて行き、厚い布団でくるんでいく。心臓がまだ、痛い。

こんな痛みを、前にも感じたことがある。たしか結婚式を挙げて間もない頃だ。急な葬儀が入ったとかで式に来られなかった正路が、祝いを渡すと言って訪ねてきた。千尋は仕事で不在だったが、光樹は喜んでまだ引っ越しのダンボールを潰《つぶ》し終えていない居間に友人を迎えた。

昔なじみに妻の人となりを伝えようと、様々なことを語った覚えがある。二人のこれからについて、千尋の仕事について、子供について、両親が思った以上に結婚を喜んでくれたことについて、千尋と生活する楽しさについて。

今思えば、寺の跡継ぎという出自の珍しさだけでなく、冷静で賢明な性格から同級生の中でも一目置かれていた正路に、対等な立場で今後の人生の展望を語れることが嬉しかったのかもしれない。無防備に浮かれていた感覚が残っている。正路はいつも通りの堅物顔で相づちを打ち、やがて数秒天井を見上げてから、お前はなにも選ばなくていいのか？　と聞いた。

なに馬鹿言ってんだよ、と答えるまでのほんの数秒に、胸に奇妙な痛みを感じた。恐怖にとても近い、死角から衝《つ》かれるような痛みだった。

千尋と、二人きりにならなければいけない。結婚を決めたときのように、もっともっと二人きりにならなければいけない。汗だくで布団を押し退け、光樹は汚れた衣類やインスタント食品の容器が散らばる薄暗い部屋を見回す。ふいにぐ、と喉を迫《せ》り上がるものを感じて、慌《あわ》ててトイレへ駆け込んだ。

便座を持ち上げるのももどかしく、口に溜《た》まった苦い物体を吐き出す。トイレの水が墨を撒《ま》いたように黒く染まった。喉の違和感におされて咳き込めば、二度、三度と勢いよく口からあふれた。

鎌倉へ向かう電車は平日の朝だけあって乗客が少なく、日射《ひざ》しがさあさあと通り抜ける車内は眠たくなるほど穏やかな空気に満たされていた。

親子連れの笑い声や海外から来た観光客の流れる水のような外国語に耳を傾けつつ、座席についた光樹は足の間にデイパックを挟み、本棚から持ってきた鎌倉の観光本を開いた。このお寺かわいい、ここのお菓子を買いたい、こんな小物が欲しいなあ、この山道きれい、やっぱり最後は海でしょう。ドッグイヤーのついたページをめくるたび、華やいだ千尋の表情とページの端を折る白い指がまぶたに浮かぶ。考えてみれば、自分が折ったドッグイヤーは一つもない。

電車が駅へすべり込み、手際よく扉付近に集まった乗客達に一拍遅れて光樹もデイパックを背負った。ホームに降りると、目に映る人はみな明確な意志を持って改札の方向へ歩いていくように見えた。なるべく人の流れから遠ざかるよう歩調をゆるめ、もう何度も確認したページに目を落とす。

光樹は千尋の残したドッグイヤーを頼りに梅がほころぶ鎌倉の町を散策した。歴史ある清らかな寺を巡り、賑《にぎ》やかな商店を見て回り、中心から少し離れた位置にある隠れ家的な甘味処《かんみどころ》を訪ねた。どの名所も心地よく洗練されていて、そこにいるたくさんの人が笑っていた。けれど光樹は、どの場所からも喜びや楽しみを拾うことができなかった。ここに千尋がいたなら、これまでの暮らしと同様にちゃんと楽しめただろう。けれど一人では、この道程に価値を見つけられなかった。

それでも、これは千尋がやり残した新婚旅行なのだ。光樹はドッグイヤーのついた名所を余すことなく巡り続けた。

一番最後の折り目は、山あいの小さな寺につけられていた。地図を頼りに上ったり下ったりを繰り返す細い山道を進んでいく。このところ体力が落ちたのか、思うように足が動かない。ハ、ハ、と荒く息を吐き、強《こわ》ばった膝《ひざ》を辛うじて持ち上げる。だんだん下りの道が多くなり、甘い匂《にお》いを振りまく梅の木がぽつり、ぽつりと数を増やしていった。

ふいに林が途切れ、すり鉢状の窪地《くぼち》に無数の梅の花が咲き並ぶ光景が一面に広がった。冷ややかな花の香りが液体を思わせる濃厚さで周囲を満たしている。淡色の花弁に彩《いろど》られ、まるでこの辺りだけ霞《かすみ》がかかったようだ。思わず光樹は足を止めた。場違いなところに迷い込んだ気がして、来た山道を振り返る。しかし背後はまっすぐな一本道で、特に分岐を見落とした様子もない。

山道は、窪地の中へと降りていく。仕方なしに四方を梅に囲まれながら、光樹は道を下った。

梅の園の中心部には、黒瓦《くろがわら》の小さな建物があった。どうやら寺のようで、建物の前で袈裟《けさ》を着けた僧侶《そうりょ》が地面を掃いている。光樹はほっと胸を撫《な》で下ろした。こんにちは、と呼びかけて足を速める。掃除の手をとめた僧侶は、眩《まぶ》しげに目を細めてこちらを見た。

「人が来るのは久しぶりだ」

「そうなんですか」

「辺鄙《へんぴ》なところにあるもので。まあどうぞ。ご夫婦ですか」

「え？」

僧侶の指を追って振り返る。そこには白いワンピースを着た千尋が、焼きたてのあんパンみたいな幸せに満ちた表情で立っていた。

「とってもきれいなところね。お堂に入ってみてもいいですか？」

「ええどうぞ」

「ありがとう！」

はしゃいだ素振りでパンプスを脱ぎ、ストッキングに包まれた足のうらを晒《さら》しながら千尋は薄暗い本堂へ入っていく。頬に笑みをのせたまま、僧侶は唇を動かした。

「可憐《かれん》な奥さまですね」

「ええ、まあ」

「でも、鬼になろうとしている」

鬼、という言葉に胸を刺され、光樹は足を止めた。僧侶は能面のように表情を変えず、微笑み続けている。

「鬼ですか」

「望んで鬼になる人はいません。けれど、本人には抗《あらが》いようのないものなのでしょう。あなたをこんなところにまで連れてきてしまった」

「ここはどこですか」

「うん」

僧侶は言葉を切った。風が出てきたらしく、周囲の梅がさらさらと枝を揺らし始める。急に気温が下がった気がした。

「もう日が落ちる。今夜は奥の座敷に泊まって行きなさい」

まだ午後三時を回ったばかりのはずだ。まさか、と見上げた空は紛れもない夕暮れ時の茜色《あかねいろ》に染まっていて、光樹は呆然《ぼうぜん》と目を見開いた。なにか呼びかけようと、再び僧侶に目を戻す。するとすぐ傍らにいた僧侶は、木肌から突き出た瘤《こぶ》が人の笑う顔にそっくりな、ただの年老いた梅の木に変わっていた。ひゅう、と首筋を冷たい風に嬲《なぶ》られた気分になり、光樹は足早に本堂へ入った。

建物の内部はがらんと広く、長く人の手が入っていないのか蜘蛛の巣と埃《ほこり》にまみれていた。照明設備がないため、破れた障子戸から差し込む西日が絶えたら真っ暗になってしまうだろう。千尋の姿が見当たらず、光樹は正面に鎮座する煤《すす》けた木像に頭を下げ、外廊下を歩いて奥の座敷へ入った。

布団二組とちゃぶ台が置いてあるだけの六畳間は、白熱電球の褪《あ》せた光に照らされていた。ここには電気を通してあるらしい。明かりを見ただけでも守られている心地になり、光樹はほっと胸を撫で下ろした。障子戸を引いてもう一度空を覗《のぞ》く。ほんの数分前まで茜色に輝いていた空は絵の具を塗り広げるようにみるみる色を暗くして、薄い闇が世界を覆う逢魔《おうま》が時を迎えようとしていた。

どこからか、温かい煮《に》炊《た》きの匂いが漂ってきた。

「奥に台所があったから借りちゃった」

襖《ふすま》を引き、お盆に料理をのせた千尋が座敷に入ってくる。豚肉と茄子《なす》の味噌炒《いた》め、ふきの煮物、わかめの味噌汁、白菜の浅漬け、と一皿ずつちゃぶ台へ並べていく。

「さあ食べて」

それほど食欲は感じなかったものの、光樹は習慣的に箸をとり、いただきます、と手を合わせた。浅緑色のふきをつまみ、味噌汁をすする。箸を使う音に顔を上げれば、これまでは光樹が食べるところを眺めるばかりだった千尋も、飯茶碗《めしぢゃわん》を手に旺盛《おうせい》に食事をとっていた。

「どうして俺をここに連れてきたんだ？」

黄色い白菜を噛みながら千尋はゆっくりと答える。

「光ちゃんに選んでほしくて」

「なにを？」

「光ちゃんはいつも、私が選ぶものを選んじゃうから。そうじゃなくて、ちゃんと光ちゃんの意思で選んでほしいの」

「だから、なにを」

千尋はにっこりと笑い、これは光ちゃんが食べてね、と豚肉と茄子の味噌炒めから拾い上げた物体を光樹の飯茶碗にのせた。輪切りにされた肉片であることは変わらないが、ずいぶんサイズが小さくなった気がする。きっと、最後の一片に近づいているのだ。

便器を黒く染めた吐瀉物《としゃぶつ》を思い出す。目の前で、千尋は幸せそうに微笑んでいる。光樹は肉片をつまみ上げ、一息にごくりと飲み下した。

食後に並べて布団を敷いたら、久しぶりにひもで結ぼう、と千尋がはしゃいだ素振りで細いピンク色のリボンをとりだした。一端を光樹の小指に、もう一端を自分の小指にゆるく結ぶ。

「朝までほどけませんように」

目を閉じた神妙な顔で祈る千尋に、光樹は思わず笑った。

「大げさだな」

「でも、奇跡が起こったら素敵でしょう?」

そうだねと適当な相づちを返す。やがてぶ厚い闇にまぶたを押され、光樹は深い眠りに落ちた。

起きた瞬間から、自分がそれまでよりさらに一段、奇妙さの増した階層へ移っているのを感じた。なんだろう、眠りに落ちる前と、今とで、なにかが決定的に違う。

「おはよう」

傍らでみずみずしく弾む声がする。顔を向けると、布団から半身を起こした千尋は頬をぴかぴかと紅潮させ、嬉しそうに目配せをした。理解するのに三秒かかった。細いリボンは昨日結われた形のまま、シーツに見事なラインを描いて二人の小指をつなぎ続けていた。こんなことがあるのか、と光樹は呆然と口を開く。千尋は子供のように笑って光樹の腰に両腕を回した。

「今日はほどけるまでこのままでいたい」

願われてしまっては仕方ない。光樹は千尋の求め通り、リボンの伸びきらない距離を保ちながら布団を畳み、身支度を調《ととの》えて、一夜を過ごした寺をあとにした。あれほど儚《はかな》いものだと思っていたのに、起きて、目の端にとらえ、千尋の顔を曇らせないように神経を巡らせていると、小指をつなぐリボンはまったくほどけなかった。

寺を出て早々に、光樹は違和感の正体に気づいた。空が灰色だ。太陽は確かに輝いているけれど、ただただ白いばかりで、周囲から色合いというものが一切なくなっていた。寺を囲んでいた可憐な梅の花はことごとく枯れ落ちて、黒い棘《とげ》のような枝が鋭く空を刺している。そんな異変に気づく様子もなく、ピクニックさながらの弾む足取りで千尋は山道を進んでいく。リボンをほどくわけにもいかず、光樹もそれに続いた。あんなに重く、山道に苦しんできた体が、今日は嘘《うそ》のように軽かった。

来るときは二時間はかかったはずなのに、千尋に続いてほんの数分歩いただけで山はみるみる木々の間隔を開いていき、あっというまに平地へ辿りついた。

目の前に、海が広がる。鈍い灰色の海だ。さざ波一つなく凪《な》いでいる。異様に白い砂浜を連れ立って歩いた。

「やっぱり最後は海だよね」

「うん」

「こんなに長く二人きりでいるの、久しぶり」

「忙しかったからな。特に、千尋の方が」

「別に、好きで忙しくしてたわけじゃないわ」

どことなく千尋らしくない言葉のように感じ、光樹は先を行く彼女の頬のラインを覗き見た。千尋は平坦《へいたん》な口調で続ける。

「私はがんばってがんばって、やっと少しだけ褒めてもらえるの。でも、あの人はずるい。なんにもできないくせに、いつも一番に可愛《かわい》がられてた」

「あの人？」

「両親も他の人も、みんな私よりあの人の方を好きになった。そうじゃないフリをしてたってすぐにわかった」

爪《つめ》が皮膚に食い込むほど強く手を握ってくる千尋の、青白い首筋にさあっと半透明の鱗《うろこ》が浮かんだ気がして、光樹はまばたきを繰り返した。

「光ちゃんだけよ。本当の私を見て、好きになってくれたのは」

肩ごしに振り返って微笑みかける女の顔は、千尋そのものにも見えたし、千尋ではない化け物が千尋を真似《まね》ているようにも見えた。それとも、この化け物こそが本当の千尋なのだろうか。鬼になろうとしている。そんな恐ろしいことを言っていたのは、誰だったか。

光樹は無言で彼女の後ろを歩き続けた。時々、全身が薄い影で覆われた人らしきものとすれ違う。四つん這《ば》いであったり、手足や首が折れ曲がっていたり、どことなくいびつな格好をしているものが多いが、リボンで結ばれた自分と千尋も、端から見たら同じくらい奇妙な歩き方をしているのかもしれない。

しばらく浜辺をさまようちに、糸で引いたようにするすると白い太陽が海の端へ落ち、むせ返るほど濃い闇が水平線からにじみ出した。千尋は眩しげな目をその闇へと向け、やがて一軒の宿へ入った。

通されたのは、海を一望できる広い座敷だった。

「いま、支度をしてくるから。少しだけ待っててね」

そう幸せそうに笑いかけ、千尋は二人を結ぶリボンを慎重な手つきでほどいて部屋を出て行った。光樹は結ばれ続けて怠さを感じる手首や指をゆっくりと撫で、黒く染まっていく海を眺めた。

「お待たせ」

嗅《か》ぎ慣れた千尋の料理の匂いが、座敷に流れ込んでくる。

差し出されたのは口の広い小鉢にほんの一かけらだけ、根菜の端を煮込んだような黒い物体だった。輪切りにされ、両側に切断面があった今までとは違い、切り落とされているのは片側だけだ。つまり、とうとう尾に辿りついたのだろう。

「これで最後よ。さあ食べて。そうしたら私たち、もっとしっかりしたものでつながれる。早く光ちゃんと結ばれたいの。もう二度と離れないで済むように」

光樹は箸を手にとり、動きを止めた。目の前の女をじっと見つめる。

「ねえ、早く。一口だよ」

ずっと自分が後ろを歩いてきたこの女は、本当に千尋なのだろうか。考え始めるとよく分からなくなった。かつての彼女がけして口にしなかったことを言う。いや、口にしなかっただけで、感情自体は彼女の中にあったものなのか。それならそれは本物か。いや、本物でも偽物《にせもの》でも、命を捧げるに値すると感じられるなら、別に自分は構わないのかもしれない。つらつらと考え込むあいだにも、向かいに座る千尋の顔は曇っていく。

「早く、ねえ、ここまできてやめてよ。光ちゃん私のこと愛してるよね、ねえ、私を選んでくれるんだよね？」

皮膚がみるみる青暗くなり、目尻が裂けて吊《つ》り上がった。ぬるりと広がった黒目が白目を塗りつぶし、眼差《まなざ》しが憎悪の火で光り出す。

「ねえ、早く、どうしてよ、今までこんなこと一度もなかったのにどうして！　早く、……早く、食べなさいよ！」

顔のあちこちが歪《ゆが》んで隆起し、太く鋭い牙《きば》が唇からあふれる。ねじれた血染めの角が二本、頭皮を破って天を衝く。目の前にいるのは、まぎれもない鬼だった。どうしてこんなことになったんだろう、と光樹は思う。自分は彼女を愛していて、彼女も自分を愛してくれていたのに、どうして。これじゃあ目の前の彼女が本物でも偽物でも、話にならない。

「食べたくない」

「どうして！」

「だってもう、全然きれいじゃない。一緒にいたいって思えない。俺やだよ、そんなもののために死ぬの」

目を見開いた鬼は、一拍を置いて金切り声を上げて襲いかかってきた。どこからか包丁を取り出して、思い切り光樹の胸に突き立てる。

どっ、と肉を割る重い衝撃に続いて、目の前に赤黒い血飛沫《ちしぶき》が舞った。お前も最後には私を裏切るんだ、他の奴《やつ》らとおんなじだ、信じてたのに、信じてたのに！　鬼は泣きながら二度、三度とためらいなく刺し続ける。光樹はゆっくりとまばたきをして、その光景を見つめた。

とっさに、痛い、と思ったけれど、落ちついてしまえば感じるのはせいぜい痺《しび》れぐらいで、大した痛みはない。めった刺しにされながら光樹は冷めた目で鬼を見続けた。傷口の数が十を超える頃には、鬼は疲れ果て、肩で息をしてうつむきがちになっていた。

「もうやめなよ」

「うるさい！」

「無理だよ。たぶん死んだお前より、生きている俺の方がずっと強いんだ。何十回刺されてもなんともないよ」

鬼の背中が痙攣し、血の海になった畳へ包丁が落ちた。両手で顔を覆い、鬼は吐くように泣き始める。醜いものを慰める気にもならず、光樹は目線を窓へと逃した。どうやって帰ろう、とぼんやり思う。早く逃げなければ夜になってしまう。海はもう半ばまで黒くなっていた。それにしても、吸い込まれそうなほど深い闇だ。あまりに暗く、底知れず、長く見つめているとまるで視力を失った気分になる。

耳障《みみざわ》りな泣き声がやまない。鬼のくせに、とうんざりした心地で顔を向けた光樹は、けれど鬼の泣き姿から目を離せなくなった。畳に膝を崩し、髪を垂らし、醜い顔を両手で隠したその姿は、なつかしい千尋が泣いているようにしか見えなかった。やっぱり鬼ではなく、千尋なのかもしれない、と揺れる。

「どうしてそんなに俺を連れて行きたいの」

問いかけに、ひくっと背中を震わせた鬼は、泣き濡れたかすれ声で答えた。

「やっと、会えたのに。こ、子供の頃から、私を選んでくれる人を、探して、やっと、あなたに会えたのに。これから二人でたくさん幸せになるはずだったのに。あそこに行ったら、もう二度と、あなたを見つけられないかもしれない」

あそこ、と言いながら、鬼は海の黒く染まった部分を指さした。

「そんなのいや、どうしてもいや。ずっと一緒にいたい。大好きなの。離れたくない」

「そのために、俺を殺しても？」

鬼は数秒ためらったあとに、顎《あご》を引いてはっきりと頷いた。

悪寒によく似た暗い喜びが背筋をぞくりと駆け抜け、ああ、と光樹はため息をもらした。目の前にいるのは、千尋だった。エネルギーに満ちて強欲で、なにかを欲しがることで生じる醜さや罪を恐れない。人生においてやりたいことが何一つ見つからず、何も選べないまま無気力に生きてきた自分が、初めて好きになった女だ。彼女の中でひっそりとまたたく、非情とも言える鬼の輝きに魅せられてきた。

光樹は涙で濡れた鬼の手を取った。手をどけると鬼の恐ろしい顔はすでに消えて、白く甘やかな千尋の顔が現れた。小指を絡め、優しく優しく囁《ささや》きかける。

「なあ、ちゃんと会える。探す。何回生まれ変わっても千尋を探す。俺たちは必ず巡り合う。だから、心配しなくていい」

「……ほんとう?」

目の縁にいっぱいに涙を溜めたまま、千尋はかすかに笑った。その笑い顔が、鬼の形相とわずかに被る。

次の瞬間、ばちん! と音を立てて赤く脈打つ奇妙な糸が右手の小指に巻き付いた。指が切り落とされたかと思う強烈な痛みに、思わず光樹は尻餅《しりもち》をつく。思い切り手を振っても糸はまったくゆるまない。それどころか、まるで生きているみたいにぬるりと指を撫で擦《こす》り、締めつける力を強くした。

赤い糸のもう一端は、千尋の小指に巻き付いている。

「約束よ。私たちはまた必ず巡り合う」

艶然《えんぜん》と微笑んでいたのは、鬼だったか千尋だったか。わかるよりも先に海の最後の一片が闇に覆われ、光樹の意識も閉ざされた。


気がつくと、光樹は鎌倉から帰る快速電車の座席の隅に頭を預けて眠っていた。目を覚ましてすぐに右手の小指を目の前にかざす。そこには赤い糸など見当たらない。けれど、まるで見えない刃物でも当てられているような嫌な痛みが、指の付け根に残っていた。

数日後、いつもの蕎麦屋で待ち合わせた正路は今まで見たことがないほど眉間のしわを深め、吐き捨てるような口調で言った。

「お前の香典を用意しておこうかと思ってたけど、それよりよっぽど厄介なものを背負ってきたな」

光樹は黙って頷いた。それでも、強欲で罪深い彼女を美しいと思う限り、自分たちは何度でも巡り合い、憎み合い、愛し合うことを続けるのだろう。いつかこの糸がちぎれる日まで。

「お前みたいに主体性のないやつが、運命の糸なんて気味の悪いものに囚《とら》われるんだ」

「本当につながってるのか」

「つながってるよ」

正路はさもおぞましげに顔をしかめ、奈落《ならく》まで、と言い足した。

眼が開くとき

茂みは、冷たい水のような朝の光で満たされていた。

私は青い植物の茎から反り返るかたちで宙へ伸びた、一振りの突起物を見ている。それは茎に接した根元から半ばへ上るにつれてゆるりとふくらみ、いくつかの段差を経て、ひときわ強くすぼまった先端をつんと尖《とが》らせていた。

乾燥した外皮の内側では、どうやら柔らかく湿ったものが動いている。静かに、したたかに生きている。ふ、と空気を乱す熱っぽい命の震えを、私は確かに感じることが出来た。

少しずつ気温が上がっていく。草木の匂《にお》いが強くなる。それが熟れていくのを見つめるでも眺めるでもなく、ただ黙って見ていた。なにかを食べること、私を食べるものから逃げること、強い異性を探すこと。いつだって私の命は、そんな圧倒的に正しくて切実なことで残らず燃え尽くされてきた。正しいことを正しく行うのは、体が溶けてあふれ出しそうなくらい気持ちが良かった。大きなものに愛され、守られている気分になった。

それで充分に満たされていたのに、どうして私はこんなものを見ているのだろう。近くに嫌な鳥が棲《す》み着いた。そろそろねぐらを移さなければならない。分かっていて、今日もこの茂みへ戻ってきてしまった。それは静かに息づいている。見ている私がここにいる。なんの意味もない。ぜんぜん気持ち良くない。大きなものも、そんな私を愛しはしない。でも、なぜだろう。それを見ていると、初めてこの世に、私がいる、と感じることができた。

奇妙な朝と奇妙な夜を繰り返し、いつしか乾いた外皮は透けて、うちに閉じ込めたものを覗《のぞ》かせるようになった。たっぷりと満ちた中身は、時々窮屈そうに体をよじらせる。その、無防備であわれな、愛らしい動き。

半透明の皮の下、みだらにうごめく様々な太さの縞《しま》が大胆な模様を描いている。

深緑のまんまるに、様々な太さの縞が大胆な模様を描いている。

それがとても不思議なことだと気づいたのは、小学校一年生の夏休みだった。私の両親は飲み物を作る会社に勤めていて、二人とも夏は特に忙しい。残業が続く時には、私は普段住んでいるマンションから歩いて二十分ほどの距離にある父方の祖母の家に預けられていた。

「すいかってさあ、なんでこの模様なのかな」

神さまが決めたのか。それともすいかが自分でこうなろうと決めて、がんばってギザギザのしましまになったのだろうか。私はよく冷えたすいかへ手を伸ばし、黒い縞からはみ出さないように指を這《は》わせた。

「知らないよそんなの」

包丁を取り出した祖母がそっけなく言う。祖母はいつもそっけない。あんまり人としゃべるのが好きではないのだ。私が触っていたすいかもあっさりと取り上げてまな板にのせた。てっぺんに、ぴかぴかと光る包丁の刃を当てる。

「六十年も生きてきたおばあちゃんにも、すいかのしましまの理由はわからなかったんだね」

これはもしかしたら、ものすごい謎《なぞ》なのかもしれない。世界中の研究者がいくら調べても分からなかった世界の秘密。それを、大人になった私が解き明かすのだ。興奮して、観察を続けるべく祖母のそばに寄って真っ二つにされるすいかを見守った。濡《ぬ》れた真っ赤な果肉の断面が目の前に現れ、少しどきっとする。

背後で、小さな笑い声がした。博巳《ひろみ》叔父さんだ。

「じゃあ、瑠璃《るり》ちゃんがその姿で生まれてきたのは、どんな理由なの」

「え？」

「まーるい二つの目に、鼻と口が一つずつ。体中、どこもかしこも柔らかくってつるっとしてて、すごく器用な手と、遠くまで行ける足がある。どうしてそんな生き物になったの」

博巳さんは歌うように言う。博巳さんは時々こんな風に、お芝居みたいに大げさなしゃべり方をする。私はぼんやりと考え込んだ。私がこの姿になった理由。じっと手を見つめる。祖母は会話に参加せず、二等分したすいかを更に半分に割っていく。

「私がそうしたんじゃないもん。わかんないよ」

「じゃあ、そのすいかだってそうだろうさ」

「そっかー」

すいかはたぶんどこかで、しましまになろうと思ったんだろう。それとおんなじように、私みたいな人間もどこかで、つるつるになろう、手を生やそう、とか思ったんだろうか。

「しましまいいよねー」

「瑠璃ちゃんはしましまになりたいの」

「瑠璃、しましまのかわいいワンピースもってるよ！」

「しゃべってないでさっさと食べな」

大皿に四等分したすいかをどんっとのせて、祖母は私と博巳さんの席に並べていく。テーブルの真ん中には、海苔《のり》で包んだ梅おにぎりがたくさん盛られたお皿が置かれている。おにぎりとすいかが今日の朝食だ。サラダとかお味噌汁《みそしる》とか、残さず食べなさい、といつも家で怒られるめんどくさいおかずがなくて、すごく嬉《うれ》しい。でもきっと、こんなごはんばかりだと知ったらお母さんは怒るだろうなあ。

「いただきまーす」

私は大きな声で言って、真っ先にスプーンを赤い果肉へ突き刺した。


祖母の家は古い木造の平屋建てだった。表面のはげた板張りの廊下や台所の床がみしみしと音を立てるたび、私はおうち壊れるかも、と心の隅でわくわくしていた。水場には黒いかびが根深くこびりつき、風呂場《ふろば》と脱衣所をつなぐ引き戸は下の方が腐っていた。部屋数は多く、掃除されていない埃《ほこり》まみれの部屋がいくつもあった。私が生まれる以前に祖父を病で亡《な》くして以来、祖母はその家で、三十代半ばで写真を生業にしている叔父と二人で暮らしていた。

家の中は薄暗かった。外の庭には輝く針に似た夏の日差しが降り注いでいたから、なおさらそう感じたのかもしれない。私の母は、昼でも部屋の照明をつけたままにする。昼だからという理由で居間の電気を消す祖母のふるまいは、私にはとても新鮮だった。

夏休みはラジオ体操が終わってしまえばひたすら暇で、午前中は影の落ちた縁側に寝転がって庭を眺めていることが多かった。庭には花が咲くのだという様々な木が並んでいた。芙蓉《ふよう》、椿《つばき》、花水木、むくげ。中でもむくげの木は大きく、全体がほどよい円形になるよう枝が美しく整えられていた。まだ一輪も咲いておらず、木の全体に明るい緑色の蕾《つぼみ》がついている。めんどくさがりの祖母がこんなに手をかけているのだから、きっときれいな花だろう。

暗い仏間を見るともなしに眺めていた私は、おにぎりが詰まったお腹《なか》の重さを感じながら、ごろりと寝返りを打って庭へ目を向けた。眩《まぶ》しくて、目の表面がちりちりする。今年一番の暑さ、とまた夕方のニュースで言われそうだ。たまにその単語は耳にする。でも、なんでまだ今年が終わっていないのに、一番だって分かるんだろう。考え考え、立てた膝小僧《ひざこぞう》を左右に揺らす。朝から晩まで鳴り続けている非常ベルのような蟬《せみ》の声は、聞き続けているといつのまにか聞こえなくなるから不思議だ。弱い風が吹き、耳のそばで切りそろえた髪がそよぐ。

むくげの一枝が目に留まった。私の正面にぴょんと伸びた、まだ硬くすぼまった青い蕾。さっきから何回も見ているはずなのに、うまく説明できない違和感があった。しばらく見つめて、やっと原因が分かる。

プラスチックのおもちゃみたいな素っ気ない蕾の先に、小さな白いものが覗いていた。

これから咲くのだ、と気づいて私は姿勢を仰向けからうつぶせに変えた。頭を庭の方へと向け、腕に顎《あご》をのせて花を眺める。蟬がしょわしょわと鳴いている。少しずつ色を強めていく青空に、雲の姿は一つも無い。蕾はなかなかそれ以上開かない。

廊下が軋《きし》み、家の奥から博巳さんがやってきた。

「なに見てるの。猫でもいた？」

「お花、咲くの」

「へえ、どれどれ」

博巳さんは庭に向かって足を投げ出すようにして隣に座る。あれ、とむくげの蕾を指さすと、ああほんとだ、咲きかけだ、とのんびりとした声が返った。そのまま二人で黙って蕾を見守る。板張りの床に当てた私の手を、庭から上がってきたのだろう小さな蟻《あり》が時間をかけてまたいでいく。

唐突に、博巳さんが口を開いた。

「俺の仕事って、こんな感じなんだ」

「おじさん、お花を育ててるの？」

博巳さんの勤め先が、ヘンシューブと呼ばれる場所であることは知っていた。ヘンシューブにはお花がいっぱい咲いているのだろうか。博巳さんは曖昧《あいまい》にほほえむ。

「そうだよ、お花がいっぱいだ。そのお花がきれいに咲けるようにしゃべりかけたり、お世話をしたり、いろんな手間をかけて、一番きれいに咲いたところで写真を撮るんだ」

「いいなあ、瑠璃もやりたい」

「でも、待つのって結構大変だよ？　瑠璃ちゃんに出来るかな」

「瑠璃、待つの平気だよ」

そっかあ、と博巳さんはゆったりと言った。案外本気にしたような声だった。

五分経《た》って、十分が経って、それでもむくげの蕾はいっこうに動いているようには見えない。

暑いな、と博巳さんは途中で立ち上がった。

「瑠璃ちゃん、熱中症にならないように気をつけるんだよ。冷蔵庫に麦茶が入ってるから、こまめに飲んで」

「はーい」

ほんの十分で飽きてしまうおじさんより、私の方がそのお仕事を上手《うま》く出来るんじゃないかな。自分の部屋へ帰っていく背中を眺めてふと思う。私は縁側に置かれたサンダルに足を滑り込ませた。あち、と思わずその場で跳ねる。ビニール製のサンダルは日を浴びて、火傷《やけど》しそうなくらい熱かった。小走りで庭の裏手に設置された水道へ向かい、ホースから流れる生ぬるい水をサンダルごと足にかける。やっと足下が落ち着き、私はむくげの蕾に近づいた。

迷いのない緑色の蕾から、絹のハンカチみたいな白い花びらの端っこがこぼれている。始めに気づいた時よりも、花びらのはみ出ている面積が少し大きくなっている気がする。木の前にしゃがみ、鼻息で蕾が揺れそうな距離でじっと見つめた。

最近、なんだか変なのだ。色々なことが気になって仕方が無い。赤い赤いすいかの断面、まっすぐに伸びる蟻の行列、白い毛と灰色の毛が入り交じったおばあちゃんの後頭部。気づけばじいっと見てしまう。なんでこうなっているのだろう。考え始めると、見ている対象がぐぐっと近づき、目の前がそれだけになる。光っている、濡れている、揺れている、動いている。それ以外のものは見えない、聞こえない、圧倒的な無音の中でただぼんやりと、きれいだなあと思う。

こんな風にきれいなものを、もっともっときれいなものを、どこかで見たことがある気がする。幼稚園の頃だったか、それとも、もっと前の赤ちゃんの頃だろうか。お母さんにきいてみようと思うのに、いつも忘れてしまう。

きゅっと結ばれたむくげの蕾は、少しずつ少しずつ折り畳んだ美しいものを押し出していく。うっとりして息を吐いた。やっぱり私は、待つのが得意だ。楽しくて、いくらでもこうしていられる。

「あ」

かさ、と音を立てて蕾が裂け、内側から白い花弁が飛び出した。

かさ、と音を立てて半透明の外皮の先が斜めに裂けた。その辺りが小さく痙攣《けいれん》し、全体がゆったりとふくらみ、しぼむ。浅い呼吸を繰り返しながら、裂け目を広げて出てこようとしている。

まず見えたのは折り畳まれた長く黄色い脚だ。たどたどしい動きで外皮を押しのけ、頭を露出させる。丸い、光を飲み込む真っ黒いものが現れ、少し遅れて、きっとこの黒いもので世界を見るのだと気づいた。不自由そうに頭を下げ、背中の方向に体を引く。袋状になった外皮の端からぴん、と引っかかっていた黒い触角が飛び出した。

それは、遠くから何度か見たことのある生き物だった。ああ、お前はこんな風に生まれるのか。こんな風に折り畳まれて、こんな風に精巧な仕組みで。前脚を使って茎へと這い出し、昼の日差しみたいな輝く毛が密生した胸部が露《あら》わになる。背には重たげなかたまりを背負っている。ずるりと太い腹部が最後に抜け出て、完全に外皮を脱ぎ捨てた。それは、華奢《きゃしゃ》で脆《もろ》くてはかない代わりに、精密だった。長い時間をかけて磨き抜かれた形をしていた。大きなものの愛情が、とても分かりやすく表に出た生き物だった。

ただの肉の塊だったときとは比べものにならないほど複雑で完成した姿を見ているうちに、妙な苦しみを感じた。ああ、生まれてしまった。生まれたら、あとは死ぬだけだ。腹が空《す》く、体が壊れる、食われる。満ちていく姿を見守るのは幸せだったのに、これはこれから崩れていく。命を削る速い呼吸も、細い脚も、動き続ける柔らかな腹も、なにもかもが苦しい。

それは、背中にのせた肉厚の翅《はね》をゆっくりと持ち上げた。始めは体長ほどの大きさにしぼんでいたそれを、徐々に広げて伸ばしていく。濡れたように光る黄金色に青みがかった黒色の斑紋《はんもん》が散る、恐ろしく美しい翅だった。こんな風に輝くものを見たことがある。なんてなつかしいのだろう、なんて愛《いと》おしいのだろう。

目に映る世界が、一瞬で塗り替えられた気がした。

目に映る平穏な世界が、一瞬で破りとられた気がした。小学五年生の新学期、教室に入ってきた暁《あきら》を初めて見た日のことだ。他県からやってきた暁は、この辺りではあまり見たことのない緑と黒のアーガイル柄のカバーをつけたランドセルを背負っていた。

先生に促され、坂口《さかぐち》暁です、趣味はサッカーです、と大きな声で挨拶《あいさつ》する。はっきりとした眉《まゆ》に三白眼気味の鋭い目、への字に結ばれた薄い唇。四十人の視線に臆《おく》することなく、教室全体をしんと見返した暁の顔を見た瞬間、私は両腕にぞわっと鳥肌が立つのを感じた。血が煮える。嬉しい。でも、なんだか怖い。初めてなのになつかしい。

あの子は私のものだ。

雷のような直感は、味わったことのない苦しさを同じ速度で胸に広げた。心が大きくびりっと裂けて、暁をずっと見ていたい、暁にずっと触っていたいという気持ちが血のようにあふれて止まらなくなった。以来、私はその痛みを感じ続けている。暁に出会う前の、穏やかな気持ちにはもう戻れない。

暁はそれほどクラスの中で強い男の子ではなかった。背は中くらいだし、しゃべりも普通だし、運動も勉強も真ん中ぐらい。女子とはあまり話さないけど、男子には白い歯をぺかっと見せて屈託無く笑いかけ、すぐに集団になじんだ。お母さんが転勤の多い会社に勤めていたため、物心ついた頃から転校を繰り返していたらしい。のけ者にされないよういつも気を張って、明るい転校生キャラをやっていた、とあとに聞いた。

暁が一番注目を集めるのが、週明けのお昼休みだった。暁は何人かの男子と一緒に、日曜の夜に放映される人気の推理ドラマのモノマネを披露していた。動作に癖のあるひょうきんな探偵の動作をなぞり、決めゼリフで笑いをとる。だいたいの男子は恥ずかしさに負けて口元をにやつかせ、手元を適当にごまかしていた。けれど、暁の演技はちょっと違った。

戯《おど》けた芝居のときは顔を盛大に崩し、真面目《まじめ》な芝居のときにはちょっとクサいくらいにイケメンぶって、あれもこれもと望まれるシーンをこなしていく。それは目立たない少年の、奇妙な変身だった。落語家、かわいい女の子、しかめっつらしたニュースキャスター、どんな真似《まね》も暁は微塵《みじん》も恥ずかしがらずにはきはきとやった。それほど真似の精度が高くないときでも、暁が当たり前のように真面目にやるものだから、ちゃんとそういう架空の人がこの世に生きているみたいに見えた。なにかの役を被《かぶ》った途端、暁はそれまでの平凡な殻を脱ぎ捨ててぴかぴかと光る特別になる。昼休みのちょっとしたお遊びというレベルを越えて、クラスのみんなは暁の芸に思い切り笑い、時に心を奪われた。

学期の終わりには暁は周囲から一目置かれ、クラス内で「面白くて器用なやつ」という確固とした地位を築いていた。そんな暁を、私はクラスの端っこからじっと見ていた。暁が笑う、暁が黙る、暁がしんしんと光る二つの目で、静かに周囲を観察している。彼はきっと、ものすごく目がいいのだ。私は彼がなにかの真似を止《や》めた瞬間の、ちょっとばつの悪そうな顔が好きだった。夏が始まる頃には、暁の目線が時々かちんと私の目線にぶつかるようになった。

夏休みも半分過ぎたある日、私たちはたまたま鶏の飼育当番でペアになった。がらんとした教室にランドセルを置き、手分けして鶏小屋を掃除している最中に、暁は初めて私に話しかけてきた。

「日崎《ひざき》さん、いつも授業中になに描いてんの」

鶏の糞《ふん》を短いほうきで掃き集めながら、中腰の姿勢で暁が言う。私はすぐに生徒のお尻《しり》を突こうとするチャボを腕に抱えたまま、なるべくなんでもないことのように返した。

「授業中はノートとってるよ」

「色鉛筆で？」

どれだけカラフルなノートだよ、とひょうきんに混ぜ返し、少し間を空けた暁は柔らかい声で付け足した。

「まあ、言いたくないなら、別にいいんだけど。ちょっと気になっただけだし」

「見せてあげる」

「え」

返事が予想から外れたのだろう。暁は表情と表情の合間みたいな、ふっと透き通った無防備な顔を見せた。今度は私の方が「え」と思う。その瞬間の暁が目に焼きつく。どきりとして、慌《あわ》てて言葉を継いだ。

「見て、いいよ。掃除終わったら、教室で」

「あ、うん」

なんとなく目を合わせにくく、それからは二人ともあまりしゃべらずに掃除を続けた。私はいつもの癖で、チャボの首裏の羽が密生した部分に目を引かれた。小指の爪《つめ》よりも小さな金茶の羽が、夏の草原のように力強く茂っている。いいな、と呟《つぶや》いて表面を撫《な》でた。でもこれよりもきれいなものを見てしまったせいで、うまい構図が浮かばない。

当番を終えて戻った教室で、手渡した小さなスケッチブックを開いた暁は、くっと目を大きくした。なにも言わずに一枚一枚、隅から隅まで目を走らせて慎重にページをめくる。どのページを見ているのか、スケッチブックの背の正面に立っている私には分からない。七枚ほどページがめくられた辺りで、ちりっと胸が焦《こ》がれた。暁はなにも言わずに、絵が描かれている最後のページまで見終わった。

「うまいなあ」

真《ま》っ直《す》ぐな褒め言葉に、知らないうちに肩に入っていた力が抜ける。

「そう」

「すごい。色がきれい」

「ありがとう」

小さい頃に、祖母の庭に咲くむくげの絵を描いたのが始まりだった。下手すぎて花なんだか梅干しなんだか分からない絵だったけれど、仕事ばかりでなかなか甘えられない両親に渡したら大喜びで額に入れて寝室に飾ってくれた。大切にしてもらえたのが嬉しくて、それから一日で一番きれいだと思ったものを描くのが習慣になった。ピアノを弾く友達の白い手、湯上がりで桃色になった母のくるぶし、緑茶の入った湯飲み、博巳さんの藍色《あいいろ》のシャツ、お寿司屋さんで丸ごと味噌汁に入っていた真っ赤なエビ。小学校に上がってからは、学校で見たものを描くことが増えた。光る廊下、砂まみれの鶏、緑の冴《さ》えた黒板と傍らに立つ白衣の先生。一度そういう見方に慣れてしまえば、この世にきれいなものはいくらでもあった。

でも、足りない、とどこかで思っていた。目の前でぽんと弾《はじ》けたむくげの花みたいに、望む望まないにかかわらず私を変えてしまうもの、途方もなく美しいものに会いたかった。そういうものを、昔どこかで見た気がするのだ。覚えていないのがすごくもどかしい。

「花がきれいとか、思ったことなかった」

淡い紫色で塗った中庭の芝桜の絵をこちらに見せて、暁はぽつりと呟いた。

「でも、この絵を見ると、日崎さんが花のどこを見てきれいだって思ったのか、すごくわかる。びっくりした」

「いくらでも見て。坂口君ならいいよ」

暁を見ていると、その思い出せない美しいものが近づいてくる気がした。理由は分からないけれど、一目見たときから特別なのだ。もっと近づきたい。触りたい。きれいな目を見ていたい。好きだって思われたい。それか、いっそ――。

食べちゃいたい。

唐突な思いつきに、ぶるっと体が震えた。好きって、こんな気持ちなんだろうか。こんなに怖いものなのだろうか。暁は人の気も知らずにのんきな表情でスケッチブックをめくり、ある一ページをこちらへ示した。

「なあ、俺ってこんな顔してるの？」

それは私の席から、机に頬杖《ほおづえ》をつく暁を描いたものだった。黒板の数式に集中した一瞬の、なんにも飾られてない素の横顔。爪を立てれば簡単に傷を刻めそうなみずみずしい表情と、その脆さに抗《あらが》って光る二つの目。彼を描いたのだと分かってもらえたことが嬉しく、耳が熱くなるのを感じながら私は頷《うなず》いた。暁は真剣な顔で絵を見つめる。

「俺が思う俺より、日崎さんから見た俺の方がずっといい感じなんだ」

まるで世界の秘密を一つ、握りしめたような声だった。

帰り道で、ちゃんとしまっていないランドセルのふたをぱかんぱかんさせながら、暁はくるっと振り向いた。

「日崎さんって、もっと怖い人なのかと思ってた」

「なんで？」

「だって、俺のモノマネでみんなが笑ってるときでも、一人だけぜんぜん笑ってないんだもん」

暁の目は笑っている。責めているわけではなく、ちょっとふざけて拗《す》ねただけ、という感じだった。それなのに、私の心臓は都合の悪いことを暴《あば》かれたようにつきりと痛み、徐々に鼓動を速くした。

「そんなことないよ」

「あるって。いっつもそうだろ。嫌われてるのかなって気にしてた」

「違うよ、それは」

だって、笑ったら逃がしてしまう。ずっと見ていないといけない。見て、見て、ちょっとでも油断しないように。小刻みに動くもの、きれいなもの、弾むものは、ちゃんと捕まえておかなければ。こんがらがった焦《あせ》りが、どっと脳の裏側を通り抜ける。ばれちゃだめ、どうしようどうしよう。私はなにがばれたらだめなのかもわからないまま、口を開いた。

「坂口君、きれいだから。笑うより、じっと見ていたくなるの」

急に足を止めて表情を無くした暁の顔が、耳から順番にふうっと赤くなる。

次の瞬間、私の手を強くつかんで、土の匂いがする体をぶつけてきた。おでこがこちらのあごに当たって、痛い。少し遅れて、抱きしめられたんだと分かった。ぷん、と日差しに焼かれた髪の匂いが鼻に流れ込む。腕に当たったTシャツの脇腹《わきばら》が、汗でしっとりと濡れている。

おれがんばる、と早口で言って、暁はすごい速さで陽炎《かげろう》の立つ道を走り去った。

その夜、私は暁と手をつなぐ夢を見た。暁のひんやりと湿ったてのひらに自分のてのひらを重ね、もう逃げられないで済む、と安心する夢だ。手を握る。すると、不思議な音がした。

ぱりぱりぐちゃぐちゃぼりぼりごくん。

暁はどうやら気づいていない。まるで誰かから呼ばれたみたいに、唐突に顔を彼方《かなた》へ向けた。私から離れようと、無造作に爪先の向きを変える。

あ、と思った途端にまた鳴った。ぱりぱりぐちゃぐちゃぼりぼりごくん。遠くを見る彼の目は青く燃えて、とてもきれいだ。駆け出そうと力の入った体がしなる。私は彼の手を強くつかんで引き寄せた。ぱりぱりぐちゃぐちゃぼりぼりごくん。振り返り、反動を受けた彼の後ろ髪がぴん、と跳ねる。

黒い触角がぴん、と跳ねた。これまでの、殻を脱ぐのに必要な一連の動きではなく、確かな意志を持った反応だった。生まれ出て、動く力を持ち、周囲を見回し、自分で決めようとしている。乾燥を待つ翅の揺らめきが増し、腹部の呼吸が速くなる。ぴく、ぴく、と長い脚が具合を確かめるように素早く屈伸した。その小さな動きの集積に、ふっと視界に薄いもやがかかった。よく見えない。確かに目を開いていたはずの私が、押しやられて消えていく。だって、とても、おいしそう。

輝く翅がはた、と羽ばたく。

いつ自分が飛びかかったのか、分からなかった。両腕を微細な毛に覆《おお》われた胴へ回し、頭部に迷いなく食らいつく。いかに素早くとどめを刺すかが狩りの成否を分ける。それは身悶《みもだ》え、まだ湿りの残る重たい翅を狂ったように開閉させて拘束を解こうとする。私はただ、速く、速く、と捕まえたものを噛《か》み砕き続けた。触角も外骨格も複眼も口吻《こうふん》も、柔らかいものも固いものも薄いものも太いものも、すべて食い千切り咀嚼《そしゃく》する。ぱりぱりぐちゃぐちゃぼりぼりごくん。ぱりぱりぐちゃぐちゃぼりぼりごくん。

ひたすら口を動かしていると、どこからか白く温かな快感が湧《わ》き上がり、それまでものを見たり、聞いたり、感じたりしていた、意識の空洞を埋めていった。私がいなくなり、私は圧倒的に正しくて、私はとても、安心する。

捕獲したものは、もうかすかな痙攣を見せるだけになっていた。食べやすくなっていい。抱え直して、ぽっかりと抉《えぐ》れた頭部から胸、腹部へと咀嚼を続ける。一番うまい胴体を食べ続けたせいで、途中から千切れた脚や翅がばらばらと周囲に落ちた。一つずつ拾い、時間をかけて口へ運ぶ。湿った翅は柔らかくて嚙み切りやすかった。黄金色が少し、眩しかった。

最後の一切れを飲み下し、光る粉で汚れた両手を舐《な》める。苦しいほど満たされたお腹が重い。周囲には、まるでそこが小さな銀河であるように、黄金色の翅から零《こぼ》れた粉が散乱していた。

息が整うにつれて、体をいっぱいに満たしていたものが心細い寒さとともに抜けていく。私が戻ってくる。ゆっくりと、目を開く。

目を開くと、慣れ親しんだスタジオの高く明るい天井が見えた。昼休みが終わる十分前にセットした、スマホのアラームがそばのテーブルで鳴っている。手を伸ばしてアラームを切り、三つつなげてベッド代わりにしていたパイプ椅子《いす》からむくりと起き上がる。

口の中にまだなにか残っている気がした。顔をしかめ、スマホの隣に置いてあったペットボトル入りのミネラルウォーターをあおった。

なつかしい夢を見た。小学校の頃に大好きだった転校生の男の子を、頭から爪先までばりばりと食べてしまう夢だ。確か、男の子と仲良くなった頃から頻繁に見るようになった。

ただの夢だし、気にしないようにしようとは思っていたけれど、回数が重なるにつれ恋心というものがひどく不気味なものに思えてきて、私の方から彼とのつながりを断ってしまった。小学六年生の途中で、彼がまた他の学校へ転校していったときには、さみしかったけれど安心した。

彼と離れたら、その奇妙な夢の頻度はがくんと減った。少なくともここ数年は見ていなかったから、ずいぶん久しぶりだ。脇の下が嫌な汗で濡れている。気持ちが悪い。夢の内容自体が気持ち悪いのはもちろんだけど、なにより彼を食べている間、自分がものすごく幸せだったことが気持ち悪い。

この夢にはバリエーションがあって、ただ食べるだけではなく、彼がクラスでいじめられて物陰で女の子みたいに泣いているとか、教室でおしっこを漏らしたとか、上級生に目をつけられて性的に暴行されるとか、思春期の頃はそんなねじれた筋立てを見せることもあった。暴力にあふれた夢の中で、私は、陵辱《りょうじょく》され、意志や自由を踏みにじられた彼を優しくなぐさめる彼女であり、無慈悲に突き放すクラスメイトであり、拳《こぶし》を振るう男だった。ぱりぱりぐちゃぐちゃぼりぼりごくん。ぱりぱりぐちゃぐちゃぼりぼりごくん。

少なくとも仕事の前に見たい夢ではない。ひどい消耗を感じてため息を吐くと、写真館のロゴが入ったエプロンを着けてセットのソファの埃取りをしていたアシスタントの優衣《ゆい》ちゃんが、あ、と小さな声を上げてやってきた。

「瑠璃さん、大丈夫ですか？　なんか今日すごく疲れてるみたいですけど」

「うん、昨日も遅くまで、あっちの方の撮影でさ」

「えー、大変。誰か有名な人いました？」

それほど大変だと思っていなさそうな声で優衣ちゃんは聞く。労《ねぎら》いよりも、質問の方が本題なのだろう。私は少し笑って首を振った。

「デビュー前の子の宣材撮りばっかりだったから、きっと知らないよ。優衣ちゃんと同じ大学生の子で、深夜ドラマの端役《はやく》が決まってるって子が一人いたぐらい」

「なんだあ、つまんないの。あ、もう受付に予約してる家族連れさんが来てます。手続きが終わったら入れちゃって大丈夫ですか？」

「いいよ、お子さんは何人？」

「小学校入学祝いの六歳の男の子と、生後半年の女の子でーす。男の子のピン二枚と、家族写真で」

「了解」

椅子を片付け、春色の背景を引っ張り出したり椅子を並べたりと撮影の準備をする。控え室で祝いの着物を着付けされた男の子とその家族がスタジオに入ってくる。挨拶と二、三の確認をして、撮影を始めた。はぁーいいくよー！　うん、いい笑顔ーっ、そうそう、ちょっと肩を張ってみようか。顎をひいてー、はい！　とっても素敵だよ、じゃあちょっと口を閉じてみよう。そうそう、はい、いっきまーす！　かしゃ、と白いフラッシュを焚《た》く。美しく幸せな若い家族の、笑顔を切り取る。

夕方、勤め先の写真館が閉まると、私は急いで博巳さんの事務所が入る都内のビルへ向かった。

六年前、アダルト雑誌のカメラマンだった博巳さんは勤めていた出版社を辞め、ついでにカメラもさっぱりとやめて、知り合いと一緒に小規模の芸能事務所を立ち上げた。事務所のモットーは「強靱《きょうじん》なセクシー」で、硬派であったり清楚《せいそ》であったり、学術的であったりアーティスティックだったり、一見そうとは思えない性質をもっているのに、エロスをきちんと売り物の一つにできる俳優やモデルを養成し、業界の変わり種として定着しつつある。

　起業当時は手が足りず、高校生だった私にも買い出しやお茶くみ、データ入力の声がかかった。割のいいアルバイトとしてそれを引き受け、打ち合わせやスタジオに出入りするうちに、私はカメラに心を奪われた。同じ景色なら誰が撮っても同じだと思っていたけれど、撮影者が見たもの、感じたものを写し出す極めて個別のものなのだと知ってひどく興奮した。これなら絵よりも見つけたもののきれいさをそのまま伝えられる、と思ったのを覚えている。高校を卒業し、専門学校に二年通い、私は老舗《しにせ》の写真館のカメラマンとして生計を立てるようになった。

　子供の頃から無自覚に鍛えてきた目のおかげで、私は美しいものを見つけるのが同期の誰よりも得意だった。人間も生物も風景も、どこを切り取ってどう見せれば特別になるのか、教わるまでもなく分かっていた。講師のプロカメラマンの中には対象を加工することに慣れすぎている、そのままを撮ろうという気概がないと嫌う人もいたが、大筋で私の作品の評価は高かった。卒業後の進路として何人かの有名カメラマンのアシスタントの口を紹介されたものの、誰かの下で働くよりもこれまでと同じように、自分の感性でごくごく身近な美しいものと向き合っていく方が性に合っているように感じ、写真館に就職した。お客さんは記念日であれなにか特殊な事情であれ、今を形に残したい、という強い意志をもって写真館を訪れる。そういった人たちの心模様や人生の流れを素早くとらえ、もっとも美しい見せ方を模索してシャッターを切るのは、やりがいのある仕事だった。

「きっと俺より瑠璃ちゃんの方がカメラは向いてるよ」

博巳さんは私の進路を歓迎して、もう使わなくなったいくつかのカメラをプレゼントしてくれただけでなく、撮影時のテクニックやモデルとのコミュニケーションの取り方などを教えてくれた。今ではよく撮影を依頼してくれる上顧客だ。

事務所の会議室のドアノブに手をかけた瞬間、扉の向こうから博巳さんののどかな声が響いてきた。

「エロい格好もしていない、エロい話もしていないのに、この人はどんなセックスをすんだろうって思わせたら勝ちだよなあ」

これは博巳さんが新しい俳優さんにさりげなく事務所の方針を伝える際の定型句みたいなものだ。もう打ち合わせは始まっているらしい。一呼吸をおいて、扉を開いた。

「こんにちは、お待たせしてすみません」

「あ、瑠璃ちゃんお疲れさん。紹介するよ。俺の姪《めい》っ子で、撮影をよくお願いしてるカメラマンの」

「日崎瑠璃です。よろしくお願いします」

テーブルを挟んだ一方には博巳さんとベテランスタッフの谷中《やなか》さん、もう一方には私と同じ二十代前半ぐらいの青年が座っていた。

耳を覆う長さの茶髪に強めのパーマをかけた、しゃれっ気の強い髪型をしている。かっちりとした黒のジャケットに彩度の低い花柄シャツをあわせていて、服装へのこだわりも強そうだ。博巳さんの好きそうな癖のある子だな、とまず思う。青年は、長めの前髪の間から緊張したまなざしをこちらに向けた。目鼻の陰影が深い荒削りな顔立ち、凛々《りり》しい眉と、割れたガラス片のようにぎらりと光る目。野性味の強いきれいな顔だとまず思い、続いて、特徴的な眉と目の形に意識の底を鋭く掻《か》かれた。あ、と思わず声が漏れる。

ぱりぱりぐちゃぐちゃぼりぼりごくん。

濡れた、汚ない、たまらなく気持ちのいい咀嚼音が耳によみがえる。大人になった暁は名乗りかけた唇を途中で止めて、大きく目を見開いた。

小学校の同級生ってすごい縁だな、と博巳さんはスタジオの設営を見守りながら呟いた。

「そういうのってやりにくかったりする？」

「どうだろう。やってみないとわからないです」

なるべく冷静な声を作っても、私の背中は汗ばんでいた。カメラを持つ手が震える。

スタジオの端では、艶《つや》のあるブラックスーツに着替えた暁がスタイリストの最後のチェックを受けている。博巳さんの事務所では、所属アーティストを紹介するページに掲載する写真の衣装をおおむね統一している。男性はブラックスーツに白シャツ、女性はデコルテを大胆に開けたAラインワンピース。なるべくレトロで優美なデザインのものを選び、適宜アクセサリーや帽子などを足す。カラーで基本的なポーズと表情を数枚、あと、モノクロでなにかしらの官能的な要素を入れた写真を一枚撮る。服をはだけるだけでもいいし、完全に脱がせてもいい。俳優が一番自慢にしている体の部位を出すことが多いが、元ダンサーの男性モデルが彫刻のような全裸を晒《さら》したこともある。それでも白黒だとアーティスティックな印象が先立ち、あまりいやらしさは出てこない。博巳さんによると、貞淑と官能を混ぜ合わせた「硬めのエロ」がテーマらしい。

「じゃあ、行ってみようか」

背中を押され、私は強いライトを当てたセットの真ん中に立つ暁へと歩き出した。

まずは気さくに笑いかけ、よろしくね、と会釈《えしゃく》をする。

「まさかこうなるなんてね」

「うん」

暁はぎこちない笑顔を浮かべ、顎を引いて頷いた。緊張と焦りと見栄と、様々な感情が表れた複雑な表情だった。あ、いい、と思ったけれど、さすがに宣材写真には使えないだろう。始めます、と暁と周囲に声をかけ、私は愛用の一眼レフを構えた。まるで蠟燭《ろうそく》の火を吹き消すように、暁の顔から生々しい弱さが消え、きちんと訓練された隙《すき》のない笑顔が浮かんだ。

「いいよ、いい感じ」

全然いいとは思わないけれど、とりあえず一枚、カシャリとシャッターボタンを押す。ここからどうやって崩していくかが腕の見せ所だ。

「リラックスしてね。長丁場になるし、じゃんじゃんしゃべって大丈夫だから」

「はあ」

「さ」

　かぐちくん、と呼ぼうとして、彼の芸名が暁真弥《あかつきしんや》になっていたことを思い出す。口に馴染《なじ》まない硬いものを噛み砕く気分で一息に呼んだ。

「暁《あかつき》くん、確か六年の途中で転校したんだっけ」

「はい」

　同い年だけど、職場においては私の方が先輩に当たるからだろう、暁は敬語だ。右手を後頭部に、うんそう、で、すこーしだけ頭を傾けて目線こっちね……はいオッケー、最高っ。世間話の合間に、基本的なポーズを押さえていく。

「鶏小屋の掃除とか、覚えてる？」

　呼びかけに、暁の目がきらっと光った。もともときつめの眼差《まなざ》しが、わずかに弛緩《しかん》して柔らかい色を見せる。もちろんそれも撮った。

「覚えてる。確か、チャボのナゲットとテバサキですよね。今思えばひどい名前」

「あははは、子供って残酷だよねー」

「他に通った学校には飼育小屋ってなかったんです。だから、鶏小屋の感じとか、すごくよく覚えてます」

　カシャ、と幾度となくシャッターを切る。暁は勘が良かった。これがただの雑談ではなく、撮影の踏み台だとちゃんと分かっているのだろう。意識的に会話を育てて場に動きをくわえ、表情の起伏を深めていく。

時間が経つほど頬の強《こわ》ばりがとれ、笑顔もだいぶ自然なものになった。コンディションが整ったのを感じ、私も撮影に没頭した。暁と私しかいない世界で、彼のもっとも美しい断面を模索する。髪を搔き上げて、伏し目がちに、ポーズはそのまま目線だけずらして。だんだん背中が火であぶられたように熱くなる。脈絡のない快感が体を満たした。

暁が、私の言う通りに動いている。これまで培《つちか》った美しいものを差し出している。実際に、彼はとても美しく成長していた。しなやかで華のある動作は、中学から始めたバレエの賜物らしい。舞台に長く立ってきたらしく、表情にもいいギラつきがある。しかし何よりも彼を魅力的に見せるのは、無表情だった。この黒々と透き通った目に、自分は一体どんな風に映るのだろう。長く見つめていると、安易な理解を拒む野生動物のまなざしに似た冷たさと不穏さを感じ、胸が苦しくなる。

撮影データを確認した博巳さんからオーケーが出て、あとは何枚か官能的なニュアンスのものを撮るだけだ。どんなものがいいだろう、と暁の体を眺める。暁もまた衣装に目を落とし、脱ぎましょうか、とぼそりと言った。

「じゃあ、上半身だけ」

「はい」

ジャケットとシャツを脱いでもらい、ほどよく引き締まった上半身を目で撫でる。悪くない。初恋の相手の裸であるとか、そういった興奮よりも先に職業的な条件反射で値踏みした。きっと正面よりも、背中。この強すぎる目の力を弱めた方が、きっと見る人は遠慮なく欲情できる。背中を向かせ、片腕をまっすぐ水平に伸ばして一枚。そのポーズのまま、軽くこちらを振り返らせて一枚。悪くはない。美しい。データを確認した博巳さんも、いいじゃん自然で、と声を弾ませる。

けれど、私はこんな風に彼に欲情していたんだったか。こんな風に自然で明るく、恥じるところのないかたちで。

「あの、もう少しいいですか」

「ん、なにか気になるの？」

「いえ、ちょっと試してみたい構図があるっていうか」

従順に指示を待つ暁にふたたびシャツとジャケットを着てもらう。スタイリストさんに頼んで、先ほどよりもさらにフォーマルな印象になるよう入念に服装と髪を整えた。なるべく主張のない無機的な椅子を一つ選んで座らせ、最後に夜に会食があるとかで珍しくスーツを着ていた博巳さんの首元からネクタイを抜き取り、暁の両手首を固く結ぶ。

私たちを囲むスタッフの気配がざわりと揺れた。私は戸惑った顔を見せる暁に微笑《ほほえ》みかける。

「手は垂らして、表情は作らずにじっとカメラを見て」

ファインダーを覗き込むと、そこでは美しく健やかな生き物が理不尽な拘束を受けていた。こちらを見る静かな目と、次にやってくる蹂躙《じゅうりん》の予感。命がちろちろと燃えている。空間に漂う背徳を閉じ込めるよう、私はシャッターを切った。

スタジオは静まりかえっている。口火を切ったのは、博巳さんだった。

「子供の頃、山で罠《わな》を仕掛けて雄のキジを捕まえたとき、こんな気分になったな。羽をぎらっぎら光らせて、暴れもしないでこっちを見てたんだ」

だいぶ間を空けて、え、キジって捕まえてもいいの、と一人のスタッフがぎこちなく呟いた。小さな笑いがさざ波のように伝播《でんぱ》する。博巳さんの真隣に立っていたスタイリストさんが、軽い口調で会話を継いだ。

「ちなみに博巳さん、そのキジってどうしたんですか。飼ったの？」

「いやまさか。バラして食ったよ。うまいんだぜ、キジ鍋《なべ》」

再び微妙な空気が漂う。私は先ほどの一枚のデータを画面に表示させ、博巳さんに確認してもらった。

「うん、これでいこう。参ったな。普通の子だと……いや、なんだ、王道の見せ方が一番合う子だと思ってたけど、驚いた。これはいいや。俺でもぞくっとする」

暁はまだ自分に降りかかったものを把握できていないようで、目をぱちぱちさせていた。彼が手首を気にするそぶりを見せたので、私は結び目に爪を立ててネクタイをほどいた。

「しわしわじゃん。これ、高かったのに」

少し落ち込んだ博巳さんの声に、やっとスタジオの空気が弛緩した。

暁を簡単に脱がせないで欲しい、と次の打ち合わせで博巳さんにお願いした。

「なんで？」

「たぶん、その方がいいと思うんです。ファンがついてくるのを待って、段階的に見せていった方がいいというか……盛り上がりを作った方が」

「まあ、そうかもなあ。ＳＮＳなんかでのコメントを見ると、着てるからこそいいみたいなのも多いし。——暁くん？　自分ではどう思う？」

「いや、俺は、ちょっと……」

現像した写真や、ネット上の評判をプリントアウトした紙を眺めていた暁は、もごもごと口を濁すばかりであまり意見を言わない。耳の付け根がうっすらと赤い。

「なんか……こういうの、慣れてなくて。俺の体なんて、しょっちゅう銭湯で素っ裸になってるけど誰もなにも言わないし。そんなものに、ええと、付加価値って言うんですか？　たった一枚の写真で、なんか特別みたいに出来ちゃうのが、本当にすごいなって思います」

「じゃあ、暁くんは、特に瑠璃ちゃんの方針に抵抗はないんだね」

暁の隣に座った谷中さんが穏やかな声で相づちを打つ。博巳さんと同じく他業種からやってきて事務所の設立に携わった谷中さんは、二十名ほどの所属アーティスト全員のマネージャー兼窓口を担当している。

「はい。日崎さ……」

そこで暁は、博巳さんも私も日崎であることに気づいたようだった、一瞬迷って、言い直す。

「俺がぐちゃぐちゃ考えるより、瑠璃さんが見て、考えてくれた俺の方が良いって、ずっと前から思ってました」

羽と穀物の匂いが充満した、生温かい鶏小屋の空気を思い出す。腕組みをしてなにか考え込んでいた博巳さんが、ちらりと目を動かした。

「なんだよ、意味深だな。君たち付き合ってたの？　小学校で？」

「いいえ、全然。俺、あっという間に転校しましたし」

「ふーん」

よく分からないとばかりに首を左右に振り、博巳さんは少し困った口調で言った。

「同級生で親しかったなら難しいだろうが、仕事に徹するようにな。写真っていうのは感覚的なものだ。君たちがもし恋仲にでもなったら、必ず観《み》る側には分かる。暁くんへの夢をふくらませてファンからお金をもらう以上、それは重大な裏切り行為だ。作品も濁るし、現場もよどむ。いいことなんかなんにもないぞ」

「分かってますよ、そんなの。私なんてもう学生の頃からこの業界を見てるんですから、馬鹿《ばか》にしないで下さい」

私は笑って肩をすくめた。博巳さんは数秒私の目を強く見つめ、一拍おいて、よし、と頷いた。

「じゃあ、瑠璃ちゃんにお願いだ。撮影とは別に支払いをするから、今後コンセプト作りからプロモーションまで、暁くんをプロデュースしてみてくれないか。もちろん俺たちもサポートはするし、困ったらなんでも頼ってくれていい。俺たちじゃあの写真は撮れないし、ああいう目で彼を見るっていう発想がなかった。瑠璃ちゃんのアイディアを取り入れたら、新しい市場を開拓できるかもしれない」

「若手モデルと若手写真家のペアっていうのもいいしね。売り込みやすいよ」

谷中さんもゆったりと頷く。私は喜びのあまり、テーブルの下で合わせた膝が震えるのを感じた。ああこれで、暁を好きなように食べられる。欲情で乾いた舌を動かし、暁《あかつき》くんさえよければ、と控えめな目線を向ける。暁は表情を引き締め、その場でぺこりと頭を下げた。

「こっちこそ、よろしくお願いします」

「よし、そうと決まればさっそく打ち合わせだ。来月からどんどん動かしていくぞ」

谷中さんが用意してくれた参考資料を手に、全員で暁の売り出し方を模索する。コンセプトを考え、PRにかけられる予算と人員を確認し、昨今の成功例を検討する。

しばらくして、一時間程度の短いネットドラマを作る方向で意見が収斂《しゅうれん》した。耽美《たんび》ものが得意な映像作家と脚本家に依頼をかけ、暁の官能写真と扇情的なあらすじを押し出してクラウドファンディングを募る。大口の出資者は、作品が完成した際の大スクリーンでの上映会と、暁の握手会に招待する。絵コンテ作りや撮影に私と博巳さんが参加することで、暁のイメージを調整する。ぱん、と博巳さんが最後に手を叩《たた》いた。

「うん、これでいってみよう。耽美ものは独特だし、暁くんも始めは戸惑うだろうけど、照れを捨ててがんばってくれ」

「任せて下さい」

暁は得意げに歯を見せて笑った。

「役に入ったら、他のことが頭から吹っ飛ぶってことだけが取り柄なんで。俺じゃなくて、観る人に照れてもらえるようがんばります」

話を聞かせて、とねだったことがある。私たちは何度目かも分からない撮影と打ち合わせの帰りに、渋谷のバーで飲んでいた。

「どんな話?」

暁は、現場を離れると少し口調が崩れる。そう強くない割にウイスキーが好きで、大体はロック一杯を飴《あめ》でも舐めるようにゆっくりと味わっている。私は逆に底無しで、油断するとワインボトルを一人で空けてしまう。おつまみだけを共有して、好き勝手にそれぞれのペースで飲むのが私たちの飲み会だった。

「なんでもいいよ。最近の話でも、子供の頃の話でも、この仕事を選んだ理由とかでも」

「それってもしかして仕事に関係ある感じ？」

「あるかな。あるかも。……なにがインスピレーションの元になるか、分からないからね」

「じゃあ、真面目に考えます」

既にグラスを半分ほど空けていて、暁の目尻はとろりと赤い。氷を浮かべた金色の水面に目を落とし、少し間を空けて話し始めた。物心ついた頃には父親は家にいなかったこと、転勤の多い銀行勤めの母親が一人で育ててくれたこと、疲れた顔を見せずに毎朝欠かさず弁当を作ってくれた母親を今でもとても尊敬していること。だからこそ、幼い頃は母親に迷惑をかけてはいけない、と強く思い込んでいたこと。

「迷惑って」

「今思えば、別に頼ったら頼ったでなんとかしてくれたと思うんですけどね。母親にかっこつけたかったんですよ。よく、転校すると聞かれたんです。新しい学校は大丈夫？って。もう友達も出来たよ、なんとかとなんとか、ってたくさん指を折って見せるとき、すごく得意になってたのを覚えています」

小学校の低学年で一度、転校したクラスにうまくなじめずに爪弾きにされたことがある。それから、うまくやる術《すべ》を模索し始めた。

「クラスのガキ大将かピエロか女王様か、とにかく真ん中で雰囲気を作っている一人を見つけるんです。それで、その一人が夢中になってやってる遊びに全力で参加する。そうすれば、まず弾かれることはないです。サッカーでも、探検ごっこでも、モノマネでも」

「そっか、だからモノマネやってたんだ。うちのクラスだと、モノマネ好きの榎本《えのもと》くんがリーダーっぽかったから」

「もう、あのドラマ、毎週録画して何回も観てました」

皿に盛られたチョコレートを一粒つまみ、暁は笑い混じりに肩をすくめる。ドラマそのものは、それほど好きではなかったらしい。

「こんな風に行く先々でキャラを変えてたから、俺は結局自分がどんな人間なのか、ほんとのところよく分からないんです。今でもたまに教室で自分の席に座りながら、サッカーか探検ごっこかモノマネか、昼休みに約束したのはどれだっけって焦ってる夢を見ます」

「きっとあき……暁《あかつき》くんは、賢かったんだよ。よく周りを観察して、環境に適応してきたってことでしょう」

「はは、良く言えばそうだけど、平たく言っちゃえばすごい嘘《うそ》つきだってことですよ。ただ、それが強みにもなるからこの仕事は面白い。高校から演劇を始めて、ドハマリしました。演技をしている最中、役と一体化しすぎて、どちらが現実でどちらが幻か、俺が一体どんな人間なのか、分からなくなる一瞬がある。そういうときは、すごくいいです。余計なことを考える俺がいなくなって気持ちいい。これが、俺がこの仕事を選んだ理由です」

気持ちいい、と甘く笑った口元に目を吸い寄せられる。数秒ぼうっと天井を見上げ、暁はまた私へ目を向けた。

「こんな話でオッケーですか。それとも、もっと別の話がいい？　たぶん、内面の話がいいんですよね」

勘がいいな、と目を見張る。おそらく彼は、私が彼の人格の勘所を探っていることを察したのだ。だから正直に、さほど誇れるわけでもない過去を語った。自分の人生を芸の素材としてあっさり差し出すことができるこの透徹した眼差しが、きっと暁の本質なのだろう。ウイスキーを一口あおり、暁はとろりとした声で言った。

「俺も一つ聞いていい？」

「どうぞ」

「どうしてそんな風に、ぱっと、他の人が思いつかない特別な一枚を作り出せるの」

どうしてだろう。蓄積だろうか、なにかしらの神秘的な直感だろうか。違う、私が直感を得たのは暁と出会ったときだけで、それ以外のときはもっと単純な仕組みで答えを出している。

「自分が気持ちよくなるのに必要なもの以外、あまり考えないし、見ないからだと思う」

例えば、暁の世界の真ん中には愛する母親が存在している。そして自分が所属するクラスの生徒と、彼らのまなざしを受ける自分。すべてを見て、観察して、裁定する無数の目を内部に抱え、複合的なバランスをとった状態をよしとしている。

私も暁に会う前はそうだった。けれど、今はきっと違う。暁しか見ていない。もしくは、暁すら見ていないのかもしれない。私は自分の欲望をたった一つの目で見ているだけだ。

天才肌はそういうよくわかんないこと言うんだよな、と暁は拗ねて唇をとがらせる。とてもかわいくて、私はどうしたらより深い表情を引き出せるか、どうしたらお腹《なか》いっぱいだと感じる作品を作れるか、それればかり考えている。

一年後に完成した、思春期の少女がアンティーク蒐集家《しゅうしゅうか》の親族から譲り受けた美しい青年人形を、所有し、愛撫《あいぶ》し、乱暴し、破壊する、という設定のミニドラマはネット上で話題となり、気鋭の若手俳優として暁が知られる大きなきっかけとなった。人形が破壊される際、磨き込まれた革靴が落ちて白いくるぶしがちらりと覗くシーンは、特にいやらしいと人気が高かった。

私は考える。少しずつ暁の肌を暴きながら、彼を最も美しく汚す方法を模索する。てのひら、手首、肘《ひじ》、二の腕。爪先、くるぶし、ふくらはぎ、腹。一つ一つのパーツを吟味し、ねぶり、空想の中で犯していく。ぱりぱりぐちゃぐちゃぼりぼりごくん。ドラマの放映から間もなく、人気漫画を原作とした青春映画で印象的な端役に抜擢《ばってき》された。ファンクラブの会員数が百人を超えた。私は考え続ける。睫《まつげ》の震え、喉《のど》の動き、ふとした一呼吸、その美しさをどう切り取ろう。

舞台を中心に大きな仕事が入り始めた頃、大手化粧品ブランドのマニキュアの広告モデルに起用された。ホームページの紹介写真が依頼の決め手だったらしく、私にもカメラマンとして声がかかった。

「抗えない指先」というキャッチコピーを元に、輝くネイルで彩《いろど》られた指先が暁の体のあちこちを摘まんでいる写真を撮っていく。ハンドモデルの女性に頼み、始めは鼻、頬、耳たぶ、と可愛《かわい》らしい箇所を摘まみ、暁にもくすぐったそうに笑ってもらった。朗らかでキュートなショットを数枚押さえ、二人が慣れてきたタイミングを見計らって、徐々に方向性をずらしていく。

上半身裸になった暁を寝転ばせ、白い床へ散らばる髪に流れを作り、まるで彼の髪を梳《す》いたかのような位置にネイルで彩られた手を配置する。もしくは、半開きにした唇をそっとこじ開けるよう、人差し指と親指を添えさせる。撮影を眺めているクライアントの表情を見る限り、キュートな路線よりもエロスを加えたものの方が反応がよさそうだ。

少し考えて代理店の担当者と相談し、ハンドモデルにシャンパンゴールドのネイルを塗ってもらった。伏し目がちに口を開いた暁がゆるりと差し出した舌を、モデルの指が摘まむか摘ままないかという位置で動きを止める。今にも触れそうな指先と粘膜、上品な金色と濡れた赤色がお互いをよく引き立てている。お、とスタジオの空気が小さく揺れた。いやらしく目を引くけれど、ぎりぎりのところで下品にならない緊張感のあるいいショットだ。そのまま、角度を変えて数枚を撮っていく。

ふと、光る爪を見ていた暁が姿勢を変えずに、目線だけをカメラへ向けた。美しく調律された無表情でレンズ越しの私の目を射貫《いぬ》く。次の瞬間、まるで花の蕾がほどけるように、どこか挑発的な艶のある笑いを目尻に含ませた。

甘い痺《しび》れが背筋を走る。その微笑には爪の魅力に抗えずに服従するのではなく、その支配を待っていたんだと言わんばかりの不敵な色気が漂っていて、私は夢中で、貪《むさぼ》るようにシャッターを切った。

後日、舌を摘まむ爪のシャンパンゴールドだけをカラーで、それ以外をモノクロに変換した暁の微笑が、全国各地の百貨店の化粧品フロアを飾った。問い合わせが殺到し、ファンクラブの会員数はすぐに三千人を超えた。

ぱりぱりぐちゃぐちゃぼりぼりごくん。もっと、もっと、と快楽を求めて考え続ける。地上波のドラマに出演するようになった。高名な演出家の舞台で主演を務めた。夜の都会を素肌にジャケットを羽織った暁に歩かせ、出会う人出会う人に一刷《ひとは》毛《け》分《ぶん》のペンキを性器を除く好きな場所に塗って、思うさま体を汚してもらう過程をまとめた写真集は、三万部を超えるロングヒットとなった。白い肌が色に犯されるたび、ペンキの冷たさに暁の背筋が震えるたび、言いようのない喜びが体を突き抜けた。考え続ける。より過激に、より深く、よりみだらに、もっと食べたい。食べて、食べて、食べて、求める表現の極みに達したとき、私たちはどうなるのだろう。

軽くて薄いものがはたはたと頬に当たっている。腕に抱えたものが痙攣し、うごめいて、やがて動かなくなる。私はこの先の景色を知っている。黄金色の粉が散っているのだ。

辺り一面に、黄金色の粉が散乱している。

気がつけばもう日は上り、強い光に焼かれる草葉の匂いが茂みの内部を満たしていた。私はじっと、足下できらきらとまたたくものを見た。よくわからないで、ずっと見ていた。もう一度あの大きくて眩《まぶ》しいものが見たかった。眩しいものへ至る以前の、小さなものが熟れていく様を見たかった。ずっと見ていたかった。身をかがめ、一粒残さず粉を舐める。そして、私の他になにもいなくなった茂みを見る。

ここはどこだろう。

本当に同じ世界なのだろうか。

私は茂みを見ていた。茂みに生じた中空を見ていた。私が、とても確かに存在しているのを感じた。ふいに茂みの上に影が落ち、巨大なくちばしが突き入れられた。次があるなら、と願う間もなく私の体は二つに千切れ、捕らわれ、腹からきらきらと光の粉をまき散らしながら空の高みへと運ばれた。

私が暁の最後の一片を嚙み砕いたのはおそらく、彼が恋人役を務めた女性向け官能映画の完成披露試写会だった。

　五十代の大御所女優が演じる高名な華道の家元が、新しいインスピレーションを求めてなにも持たない若い男を購入し、弄《もてあそ》び、奉仕させ、芸のためにその体を使い尽くすという物語だ。暁は花にまみれ、虫にまみれ、千切ったら罰される花の蔓《つる》でくるぶしを結ばれて女優の足指をしゃぶった。最後には芸術性や小道具で守られることのない、素のままの暁の裸がとうとうスクリーンに映し出された。家元に跨《また》がられた彼はただの肉の棒として、身動《みじろ》ぎ一つも許されずに悶え続けた。たまらなくかわいそうでたまらなく愛らしい彼を見ながら、私は耳の奥で鳴り続けた生々しい咀嚼音が、聞こえなくなったことに気づいた。

　デビューから五年が経っていた。私たちは破竹の勢いで成功を重ね、新しい世代の表現者として一世を風靡《ふうび》し、そしてゆっくりと墜落した。一時は連日名を連ねていたテレビの好きな俳優ランキングにも、もう二年近くランクインしていない。暁の手法を真似た、暁よりも若く美しい男の子は次から次へと現れて、私たちの商圏をじりじりと奪った。

　それでもしばらくはこれまでの路線を踏襲した企画を出して誤魔化していた。数が減ったとはいえ暁にはある程度のファンが残っていたし、なんらかの方向転換をして生き残りを模索することは可能だったはずだ。でも、私にはできなかった。私はもう、食べ終わってしまった。

衝動の波を失った私の手元に残されたのは、あらゆるものを奪われ、暴かれ、踏みしだかれ、若さもとうに失った、美しいけれど普通の男だった。私が食べ終わったあとの残骸《ざんがい》が、ただ死ぬまで息をしているだけだ。

気づくのはやはり、暁が一番早かった。

ある日、話があるから、と呼び出されて彼の部屋へ向かった。短い間とはいえ大成し、莫大《ばくだい》な収入を得た彼は都心にマンションを購入していた。博巳さんの事務所もまた、新宿の路地裏から赤坂の新築ビルへと移転した。今、博巳さんは、若手俳優と女性クリエイターを組ませて第二、第三の暁をせっせと作り出している。

「話って、次の仕事のこと？　なにか気になることでもあった？」

後ろめたさから、私は採光のいい北欧スタイルのリビングに通されて早々に切り出した。コーヒーを私の前に置き、向かいのソファに腰かけた暁は、太ももの上で組んだ指を眺めてなかなか口を開かない。たっぷり三分沈黙し、やっと私に目を向けた。

「瑠璃さん、もう俺に欲情しなくなったんだろ。ここのところ、企画がぜんぶ前にやった奴《やつ》の焼き直しばかりだ」

核心を突く一言に息が詰まった。なにか言わなければ肯定になる。わかっているのに、口が動かない。

暁は辛抱強く私の答えを待っている。かわいい暁、かわいそうな暁。さんざん振り回されて飽きられた暁。私は観念して、重い口を開いた。

「これからも、暁《あかつき》くんがこの仕事を続ける限りは、いくらでもサポートするから」

「……違うだろ」

「私以外の担当者をつけたっていい。必要だったら、社外からでも。あなたをコーディネートしたい人はたくさんいるよ」

「誤魔化すなよ。あれだけ俺に偉そうに命令してきたんだ。最後までちゃんとしろよ」

口に出すのが恐ろしく、息を吸って、ためらって、やっと言った。

「あなたを見ていても、もうなんにも、思いつかない」

こちらを見つめる暁の口角がぴくりと引き攣《つ》った。口元を覆い、目元を覆い、長く長く天井へ息を吐いた暁は、そうかあ、と小さく呟いた。

お互いに言葉を失って、どれだけの時間が経っただろう。

暁が立ち上がった。部屋着のスウェットの袖《そで》をまくり、私に近づいてくる。ソファの背をつかんで長身を折り曲げ、迷いのない動作で唇を合わせた。現場で、打ち合わせで、休憩室で、数限りなく鼻先をよぎった彼の香水が、今までにない濃さで鼻孔へ流れ込む。生温かい舌が唇を割って押し入ってくる。骨っぽい大作りの手が乳房をつかんだ。

嫌でも、嬉しくもなかった。ただ、こうすることで暁の気が晴れるなら付き合おうと思った。動かずに、目の前で伏せられた長い睫をじっと見つめる。指一本触れずに、目だけで犯し続けた暁の体が目の前にある。体温、匂《にお》い、粘膜の味。そのどれもが、私が作った幻の彼よりもずっと乏しい。彼の唇はもっと甘く、舌は人を狂わせるはずだった。絡《から》んだ舌がゆっくりと動き、てのひらが膨らみを優しくこねる。肉体の反応はある気がする。けれど、あの狂ったような渇望は、彼を蹂躙したいという欲望は戻ってこない。

時間をおいて、唐突に暁は体を離した。濡れた唇を手の甲でぬぐい、私の目を覗き込む。

「全然、だめ？」

表情は真剣だったけど声音のどこかに、だめでもともと、みたいな子供っぽさがあった。彼のスウェットパンツの腰元はしんと静まって平たいままだ。私は思わず苦笑った。

「だめみたい」

「そうか、終わりかあ」

ゆらりと立ち上がった暁は再び向かいのソファへ、身を投げ出すように深々と座った。うつむいて、私の好きな無表情のまま動かなくなる。

その姿は、相変わらずきれいだった。欲望を伴わずに彼をきれいだと感じるのは、初めてな気がする。日当たりのいいリビングで、白い光に染まっていた。

「……私が出しゃばらないで、博巳さんに任せたら、もっと息の長い売り方ができたのかもしれない。ごめんなさい」

「なあ、頭の悪いことを言うなよ」

暁は少し怒っていた。面倒くさげにこちらを睨《にら》む。

「今でも思い出せる。あの人は俺を、普通の子って言おうとしたんだ。俺は普通なんだよ。ちょっと役に入るのがうまいだけで、なにも特別なものは持ってない。普通じゃなかったのは瑠璃さんの目だ。俺はその目で、俺が届く限界点まで連れて行ってもらった。だから、謝られる筋合いはない」

「……そう」

思い切りのいい、暁らしい返事だと思う。再び沈黙がリビングを満たした。白いカーテンが網戸越しの風を受けてふわりとそよぐ。

「昔からよく見る夢なんだけど」

もう暁はしゃべらない気がしたので、私がしゃべることにした。

「さなぎの頃から見守ってたちょうちょが、目の前で羽化するの。ものすごく綺麗《きれい》で、嬉しくて、そうしたら急に我慢できなくなって、私はその子を捕まえて頭からばりばり食べちゃうの。それで、私も別の生き物に食べられて……」

茂みが遠ざかる。またあそこに帰りたかった。あの子のいるところへ。暁は今度は怒らずに、目線で先を促している。

「次は、好きなものを大事にできる生き物になろうって、人間を選んで生まれてくるの。でも、だめだった。相変わらず、好きな人をいたぶることでしか気持ちよくなれなかった。愛とか、全然、届かなかった」

「……夢の話だろう？」

「うん、夢の話」

「他に、言うことはないの」

あの日、教室全体へ向けていたのと同じ、凪《な》いだ湖のような目が私を捕らえる。あ
あ、と息を吐いた。目を開いたままもう一枚、見えないまぶたが開いていく。この世
にやっと、私が産まれる。私を形作るあらゆる仕組みや合理性を超えて、この人をず
っと見ていたい、犯さず、汚さず、ただ呆然《ぼうぜん》と心を奪われ見ていたい、と願い始める。
舌の付け根で止まっていた、古い言葉が零《こぼ》れ出た。
「小学校からずっと好き」
「なんだよそれ」
暁は目元を押さえ、くだらねえ、と鈍く笑った。カーテンがふくらみ、翻《ひるがえ》った拍子
に日光が差し込んで目を射られる。笑い声が絶える間際《まぎわ》に、確かに聞いた。
「生まれ変わったらまた食って」
あまりの眩しさにまばたきをする。私は確かに、うなずいた。

よるのふち

　真夜中に目を覚ますたび、宏之《ひろゆき》は今日が最後の日なのかもしれないと思う。日常の最後の日、つまりは取り立てて特徴のない小学五年生の自分が、なんらかのきっかけで家を飛び出してきらきらと輝く大冒険に身を投じる始まりの日。漫画やアニメの主人公たちは、いつだって大人が寝静まった真夜中にひっそりと部屋の窓を開けて旅に出るのだ。青暗い天井を見つめていると、今にもそのきっかけとなる特別なことが起こる気がした。秘密の国の使者が迎えに来るとか、クラスで一番かわいい女の子を人質に取った悪者からの挑戦状が窓の隙間《すきま》に差し込まれるとか。

　けれど、ぼんやりと夢に浸る時間もそう長くは続かない。

　その日もじっと奇跡を待っているうちに、舌の根本がむず痒《がゆ》くうずき始めた。なぜか宏之は小さな頃から喉《のど》が渇きやすく、それが夜中にたびたび目が覚める理由でもあった。だんだん我慢が出来なくなり、空想を止《や》めてむくりと起き上がる。

隣の布団《ふとん》では、弟が眠っている。八つ年下で、癖の付きやすい柔らかい髪をいつも炎のように逆立てている良昭《よしあき》。すぐ泣くし、うるさいし、近づくたびによだれが付くしで、めんどくさいことばかりだけれど、昼寝をしているとそばに寄ってきて眠り出すのはかわいいと思う。小さな体を踏んづけないよう気をつけながら、そろりと子ども部屋の扉を開く。

薄暗い廊下には光が差していた。リビングへと通じるガラス戸の向こうが明るい。まだ両親は起きているようだ。子どもらを寝かしつけて、のんびりとお酒でも飲んでいるのだろう。

ドアノブへ手を伸ばしかけた瞬間、ふと、父さんと母さんが実は人間じゃなかったらどうしよう、と思った。ガイコツとか、お化けとか、宇宙人とか、そういうのが人間のフリをしていたらどうしよう。そして子どもたちが寝たのをいいことに、肩の力を抜いて擬態を解いてしまっていたらどうしよう。秘密の国や悪の組織と同じくらい、そんな悲劇的な冒険の始まりだって充分に考えられることだ。この扉を開けたら、正体がばれた二人はもう父さんと母さんのフリを止めて、襲いかかってきて——。

いや、それでも今まで父さんと母さんだった生き物だ。むしろ鶴《つる》の恩返しの鶴みたいに、正体が暴《あば》かれたことを悲しみながら、自分らを捨てて遠くへ行ってしまうかもしれない。だとしたら、ドアノブをちょっと弾《はじ》いて音を立てたり、心もちゆっくり目に扉を開けたりして、もう一度擬態してもらう時間を作った方がいいのだろうか。

そこまで考えて、宏之は首を傾けた。いつのまにか、両親がガイコツやお化けや宇宙人であることよりも、二人に見捨てられることの方がこわくなっている。変わらずに優しくして、一緒にいてくれるなら、ガイコツやお化けや宇宙人でも別にいいような気がする。そりゃあ、少しは気になるけれど。考えるのを止めて、宏之はドアノブを回した。がちゃりと音を立てて扉が開く。

カーペット敷きのリビングでは、ローテーブルの上に缶ビールを並べて両親が深夜のドラマを眺めていた。つまみにしているのだろう、炙《あぶ》った海産物の匂《にお》いが漂ってくる。

襟首の伸びたTシャツを着た母親が振り向いて、あれ、と穏やかな声を上げた。お酒が入ると、宏之の両親はどちらも声が低まり、しゃべり方が遅くなる。母親の声につられ、赤ら顔の父親もこちらを向いた。よかった、二人とも少し眠そうな人間の顔だ。

「どうした、眠れない？」

「のどかわいた」

なんだか無性にほっとして、座布団であぐらを掻《か》いている母親の背中にしなだれかかった。重いよーやめてーと嫌がられても構わずに頭をぶつける。父親は折った座布団を枕《まくら》代わりにして横向きに寝転んでいる。小さな頃はなにも考えずにこの硬い背中へしがみつけたのに、いつしか触り方が分からなくなった。

早くなにか飲んで寝なさい、と尻《しり》をはたかれて台所へ向かう。新しいスポーツドリンクの蓋《ふた》が開きにくくて苦労していると「冷蔵庫を開けっ放しにしないのー」と母親が小言を重ねて近づいてきた。一度でキュッとプラスチックの蓋を外し、中身をコップに注いで渡してくれる。冷たく甘いスポーツドリンクが喉を通り抜け、布団に蒸されて火照《ほて》っていた体からさあっと気持ちよく熱が引いた。

途端に頭の中の、夢と現《うつつ》が入り混じるもやもやと甘い霞《かすみ》までもが消え失せて、なんで自分があんなにガラス戸の前で考え込んだのか、よく分からなくなる。秘密の国とか悪の組織とか、ガイコツとか宇宙人とか、もう十歳だというのにちょっと恥ずかしい。ずりずりとかかとを引きずる楽な歩き方で子ども部屋へ戻り、体温の残った布団にもぐり込んだ。

「そっか」

温かい。足の爪先《つまさき》をにぎにぎと丸めたり開いたりしてしまうくらい安心だ。気持ちが丸く、柔らかくなる。弟の寝息をききながら、とろけて広がっていく蜂蜜《はちみつ》になった気分で眠りへ落ちる。

それから間もない秋の終わり、母親が交通事故で亡《な》くなった。

十日ぶりに教室の後ろのドアを開けると、あっと声を上げた友人たちが窓際《まどぎわ》からまっしぐらに駆け寄ってきた。乾燥でささくれた唇を震わせて、なにか言うのかと思いきや、どんっと肩をぶつけてじゃれかかってくる。なんだよいてえよ、と笑って応じ、宏之は適当にやり返しながら席に着いた。いつも剽軽《ひょうきん》な一人が、眉《まゆ》だけを八の字に歪《ゆが》ませてぎこちなく笑う。ひろやんおせえしー。みんなすげー心配してたんよ。ランドセルを椅子《いす》の後ろにかける頃には、教室に居たほとんどの男子が机の周りに集まってきた。誰も、ひろやんのお母さんさあ、とは言わない。ゲームやろうぜ、今日の体育ドッジボールだって、こないだヨコタが授業中にマジギレしてさ。そんな他《た》愛《わい》もない会話で周囲を埋められ、宏之は久しぶりに肩から力が抜けていくのを感じた。いつも通りだ。教室のざわめきもチャイムの音も、なにも変わらない。

教科書を取りだし、授業を受ける。休み時間にサッカーをし、給食を食べ（いつもは希望者で集まってじゃんけんをするのに、宏之が残り物のプリンを貰《もら》おうとすると、今日は他に誰も名乗り出なかった。こんなことは初めてだった)、授業中は消しゴムを投げて他の男子とふざけあう。イカダが川に流されるように、なにも考えずとも学校ではするすると時間が過ぎていく。

けれど終礼のチャイムが鳴った途端、宏之は自分が表面が固まった素焼きの人形から、くにゃりと折れやすい粘土の人形に戻った気分になった。ランドセルを背負い、クラスメイトたちはそれぞれの家へと帰っていく。ひろやん帰ろ、といつも一緒に帰っていた数人に誘われ、宏之はぎこちなく首を振った。

「あ、わりい。今日から俺、保育園の弟のお迎えあるから。逆方向になっちゃうし、先に帰って」

なるべくあっさりと言うはずが、ちょっと声が裏返ってしまった。友人たちは一瞬顔を見合わせ、けれどすぐに慌《あわ》てた調子で、あ、じゃあ校門まで一緒に行こうぜ、と言い直した。おう、と頷《うなず》いて宏之も紺色のランドセルを背負う。側面につけた防犯ブザーと人気漫画をモチーフにした海賊旗のシルバーチャームが揺れて、かちんと硬い音を立てた。

校門で友人たちと別れてからはなおさら、一歩足を進めるごとにふにゃふにゃと体が崩れていく気がした。同じ町内なので場所ぐらいは知っているけれど、こんな風に学校帰りにあそこへ向かうのは初めてだ。雑草だらけの駐車場を横切り、金木犀《きんもくせい》がばらばらと花を散らす薄暗いペットクリニックの軒先を目印に道を曲がる。知らないクリーニング屋の看板。なじみのない通りはやけによそよそしく味気のないものに感じられた。でもこれからは毎日この道を歩くことになる。だって、なにもかもが変わってしまった。

パステルピンクに塗られた保育園の門の前で、ひろちゃん、ひろちゃんでしょう、と見覚えのあるおばさん三人に囲まれた。たぶん母の葬儀の終わりにぼろぼろと泣きながら自分の手を握りしめてきた、たくさんのおばさんのうちの誰かだ。どうやら保育園のママ友らしい。

母の友人たちはよっちゃんのお迎えに来たの？　えらいねえ、困ったことがあったらオバちゃんたちをママだと思ってなんでも相談してね、と眉をひそめながら笑った。宏之はなんと返したらいいのか分からず曖昧《あいまい》に頷き、よ、良昭が待ってるんで、と言ってそそくさとその場を離れた。理由もなく、心臓がと、と、と速く弾む。緊張した。驚いた。大人にあんな顔をされるのは初めてだった。建物の入り口をくぐり、朝に父親に言われた通り、スリッパに履きかえてうさぎ組の教室を目指す。

良昭はカラーマットが敷かれた教室の奥で数人の子どもと一緒にプラスチック製の

電車のおもちゃで遊んでいた。扉の近くにいた優しそうなおばさんの保育士が、宏之に気づいてにっこりと笑う。よっちゃんのおにいちゃんだよね、今日からよろしくね。彼女はそう言って教室へ振り返り、よっちゃーんお迎え来たよーと声を張った。電車をいじっていた良昭がぱっと輝くような表情で顔を上げる。

けれど宏之の姿を見た途端、良昭はみるみる肩を落とした。やああっ、と投げやりな拒絶とともに電車をカラーマットへ叩《たた》きつける。宏之に挨拶《あいさつ》をした保育士が曇り顔で良昭のそばへと向かい、なだめながら帰り支度をさせた。ほらあお兄ちゃん迎えに来てくれたんだから鞄《かばん》もって、ほら帽子も、あらよっちゃんかわいい。かわいいかわいいねー。良昭はふくれっ面《つら》の全然かわいくない顔で宏之の足もとへとやってくる。手を差し出しても反応せず、無理矢理手を繋《つな》ぐと嫌そうに身をよじった。

失礼します、と保育士に頭を下げ、宏之は小さな体を引きずって保育園を出る。まぁまぁ、まぁまぁがいーいー、と帰り道でずっと良昭はわめき続けた。真面目《まじめ》に歩かず、すぐにしゃがもうとするのですごく困る。小さな体なのにずっしりと重く、しかも暴れるので抱えられない。

「ママはいないっ、歩けよバカ！」

「まぁまぁー！」

手を離して突き飛ばすと、良昭はその場に尻餅《しりもち》をついて破裂するように泣き出した。

「なんだよ！」

置いてくぞ、もう家に帰れないからな！　と強く言って背を向ける。すると、十メートルほど離れた辺りでようやく顔を真っ赤にしながら追いかけてきた。泣いている癖に怒っていて、小さな拳《こぶし》でしきりに宏之の足や背中を殴る。その手を無理矢理つかんで歩き出し、しゃがんだらまた立ち止まって、を繰り返す。

普通に歩けば十分もかからない距離なのに、一時間以上が経過して、ようやく家に着いた。もう外はとっぷりと日が暮れている。このまま眠ってしまいたいぐらいに疲弊し、宏之は手も洗わないままリビングのカーペットにごろりと横たわった。

少しはかわいいと思っていたはずなのに自分が正面から面倒をみる立場になると、良昭はまったく言葉の通じない、すぐに泣いてこちらを痛めつけようとする小さな悪魔になった。今もソファの上でぐずぐずと泣きつづけている。早く父親に帰ってきて欲しい。なんで家の中がこんなに静かなんだろう、なんでこんなに薄暗いんだろう。

リビングと隣り合った和室には白い布を被《かぶ》せたものものしい祭壇が置かれ、真ん中には一抱えほどの大きさの骨箱が安置されている。これが、こんな箱が、母さんなのだという。考えるだけで、宏之だって泣きたくなる。

けん、とうつぶせになって泣き続けていた良昭がむせた。けん、けん、と咳《せき》を繰り返し、苦しそうに喉を鳴らす。宏之は起き上がり、湯呑《ゆの》みに粉末のスポーツドリンクを一さじ入れてポットに残っていたお湯を注いだ。飲めよ、と差し出したところ、ようやく良昭は泣き腫《は》らした顔を上げてそれを受け取った。

良昭がはたして母親の死を理解しているのか、宏之にはよく分からない。ただ、会いたくて仕方がないのは確かなようで、ひたすらむずかり続けている。かくいう宏之も葬儀の翌日から一週間ほど高熱を出して起き上がれなくなり、忌引《きび》き休暇を取った父親にぎこちない看病をしてもらったばかりだ。

今朝、宏之の熱が下がっていることを確認した父親は「俺もそろそろ行かなきゃならん」と渋い顔で言って、まだ眠っていることと、父親の帰宅まで面倒をみることが託された。宏之には、学校帰りに良昭を迎えに行くことと、父親の帰宅まで面倒をみることが託された。待っている間に腹が減ったら、おやつを一緒に食べろと言われている。

温かいものを飲んで落ちついたのか、泣き疲れた様子で良昭はソファのすみに丸くなった。宏之は菓子鉢に入れられたどら焼きに手を伸ばす。ローテーブルとソファのあいだに挟まった姿勢で包みを剝《は》ぎ、甘い匂いのする和菓子を頰張った。

しんと音が絶えた部屋でゆっくりと口を動かし、かあさん、と胸で呟《つぶや》く。途端に視界が歪み、両目からぼろぼろと涙があふれた。

六時過ぎに帰宅した父親は部屋の寒さに驚いて「暖房をつけろ」と宏之にうながした。ワイシャツの袖《そで》をまくり、コンビニで買ってきたらしい冷凍の鍋焼《なべや》きうどんをコンロで温める。揺り起こされた良昭は夢うつつのまま、父親の膝《ひざ》で柔らかい麺《めん》を少しずつかじった。宏之は海老《えび》の天ぷらが入ったものを貰い、湯気を吹いて甘い出し汁をすすった。塩気と油っ気が全身に染《し》みとおっていく。

その日から、痛めた膝で走り出すのと似た危なっかしさで、母親を欠いた一家の生活が始まった。

父親は見よう見まねで家事を始めた。夜中に洗濯機を回して部屋中につるす。朝ごはんにはパン、夕飯にはなんらかの弁当や惣菜《そうざい》を買ってくる。掃除機をかける。風呂《ふろ》を洗う。

不思議なことに、父親が手入れをする家はいつもどことなく散らかっていた。例えば取り込んだ洗濯物は片付けられても、洗濯ばさみがたくさんついたハンガーは服を外した形のまま和室に放置される。掃除に使った掃除機が脱衣所の手前に放り出されている。なにか一つのことをやり遂げると、後始末まで気が回らなくなるらしい。けど宏之はなんとなく部屋がモヤモヤしているなという印象ぐらいで、そう気にすることもなかった。それよりも困るのは、父親は母親のように「体操服は出したの？」「保護者向けのプリントないね？」などと聞いてくれないため、学校関連の不備が増えたことだった。使用済みの汗くさい体操服に情けない気分で袖を通しながら、今日からはちゃんと自分で洗濯機に放り込もう、と決める。

いつしか良昭は骨箱に反応を示すようになった。ひろちゃんあれとって、とってー、と箱を指差し、下ろしてもらうと側へ座り、なめらかな表面をうっとりとした様子で撫《な》でまわす。ぼんやりと光る白色のカバーの表面に無数の花が刺繡《ししゅう》されたその箱は、宏之が今まで見た中で一番美しい箱だった。この中に、父親に手を添えられて箸《はし》で集めた、軽くて脆《もろ》い骨が納められている。

父親は、あとひと月ほどしたら骨をお墓に入れなければならないのだ、と言った。なぜだろう、と宏之は思う。そういう決まりだということは分かる。けれど、どうしてそういう決まりなのだろう。

花に埋もれた母親の棺の蓋を閉める時、あまりに悲しくて頭がおかしくなりそうだった。脇見《わきみ》運転の車とブロック塀に押し潰《つぶ》された下半身は損傷が激しかったものの、顔は傷一つなく綺麗《きれい》だった。薄化粧が施された表情は柔らかで、いつまでも見ていたいような気がした。ただでさえもうなにも言わなくて、頬に触れても唇に触れても冷たくて、よく分からないのに。どうしてその上さらに母親を焼き、骨に変え、その骨すらも家から遠ざけなければならないのだろう。ずっと四人で暮らしてきたのに、なぜゴセンゾサマとかいう見知らぬ人ばかりのお墓に追いやらねばならないのだろう。

考えるのを止めて顔を上げると、良昭が嬉《うれ》しそうに骨箱に頬をすり寄せていた。良昭は少し変わったところがあって、花だのビーズだの、いかにも女の子が好きそうなきれいなものが好きだ。雨粒が複雑な模様を描くガラス窓を、飽きもせず何時間も見ていることがある。模様が繊細なこの箱も、ただ美しいというだけで気に入ったのだろう。バカだなこいつ、とまず思い、けれどすぐに嵐《あらし》のようなさみしさがやってきて、宏之は良昭を彼が抱える箱ごと抱きしめた。

土曜日の朝、父親が「今夜はなんでも好きなもん食わせてやるぞ」と宣言した。どうやら料理を作ってくれるらしい。ハンバーグと言いかけ、宏之はそれを父親が作れるのか不安になり、カレーがいいと言い直した。良昭は顔を輝かせてたまごやき、たまごやき、と連呼する。甘くて柔らかい卵焼きは良昭の好物で、母親が生きていた頃にはしょっちゅう食卓に上っていた。任せろ任せろと父親は頷き、夕方には上機嫌で買いものに出かけ、冷蔵庫に入りきらないほど大量の食材を買ってきた。久しぶりに台所に火が入り、調理の温かい匂いを振りまきはじめる。

カレーは少し水っぽくて人参《にんじん》が硬かったけれど、それなりにおいしかった。煮た野菜に醤油《しょうゆ》と砂糖を入れれば煮物になって、カレールーを入れればカレー、シチューのルーを入れればシチューになるんだな、つかんだぞ、と初めての料理を成功させた父親は上機嫌で皿を空にし、珍しいことにおかわりまでした。宏之も心もち大口でカレーを掻き込む。

ままごとじみた平和な食卓でただ一人、良昭だけが頬をふくらませてぐずぐずと泣き続けていた。テーブルの真ん中には、黒ずんでくずれたスクランブルエッグが載せられている。うまく巻けなかったらしい。味つけもやけに塩辛く、母親のものとは違って二口目にはもう喉につかえる感じがした。

「ちーがぁうっ！　ちがうのー！」

良昭はまるでサイレンのように大声でわめき、泣き、差し出されたカレーのさじから顔を背け、小さな拳でひたすらに父親の胸を叩いた。始めは「今度もっとうまく作ってやるから」と宥《なだ》めていた父親も、まったく口をつけない良昭の様子に次第に苛立《いらだ》ちを強めていった。二杯目のカレーを空にしたところで、ふいにスプーンをテーブルへ叩きつける。

「食いもので文句を言う奴《やつ》は食わなくていいっ！」

海釣りと筋トレが趣味で、滅多に怒らない温厚な父親が声を荒げるなんて、小さい頃の宏之がライターで遊んでいた時以来だ。野太い声がマンションの狭い部屋に響き渡り、家具やカーテンをびりびりと震わせる。

水をかけられたように表情を無くした良昭は、びくりと背筋を引き攣《つ》らせた。その首根っこをつかみ、父親は雑な動作で小さな体を和室へ放り込む。

すぱんっ、襖《ふすま》の木枠同士がぶつかり合う鋭い音の後、天井を突き破らんばかりの大声で良昭が泣き始めた。

「ごちそうさま」

家をくるむ、くるんでいた、透明で柔らかな安心の膜が裂けている。その場にいるのが辛《つら》く、自分の分のカレーを食べ終えると宏之は早々に席を立った。テーブルを去りかけ、「おい」と低い声で父親に呼び止められる。

「皿をかたせ」

自分だって母さんがいた頃にはしなかったじゃん。喉まで迫《せ》り上がる言葉をこらえ、なるべく冷めた、批難を込めた目で父親の横顔を三秒眺める。泣く良昭も怒鳴る父親も、どちらもいやだった。けれど、まだ怒気をまとった父親がこちらを向くより先に、自分の分の皿を持って流しへ運んだ。父親は宏之の背後を通り、乱暴な動作で三杯目のカレーを鍋からよそった。

目を開いて、青暗い天井。

宏之はまばたきをした。誰かに背後から突き飛ばされ、川へと落ちる夢を見た気がする。その前は友人の一人が実は人食いの化け物だった夢、さらに前には奇怪な生き物に阻《はば》まれてどうしても家に帰り着けない夢。このところずっと夢見が悪い。ただこわいというだけではなく、悲劇に脈絡がないのが気持ち悪い。頭を浮かせると、冷や汗で首筋がぐっしょりと湿っていた。どくどくと脈を速めた心臓を押さえて息を吐く。

部屋のどこかから、ちぷ、とかすかな音がする。水面が揺れ、二つの小さな波がぶつかって砕ける音に似ている。ちぷ、ちぷ。雨でも降っていて、どこかから水が垂れているのだろうか。それとも、上の階でバケツの水でも揺れているのか。こんな音が響いているから川の夢を見たのだと思う。嫌な気分で布団を引き上げ、寝返りを打つ。

目を閉じると、今度は虎《とら》ほどの大きさの生き物が自分と良昭が眠る布団の周りをのそのそと這《は》い回っている夢を見た。

掛け布団から手足を出したら、嚙《か》み千切られるかもしれない。そんな恐怖感に駆られ、良昭の体を二つ並んだ布団の真ん中の方へと引き寄せる。

ソウダンジョという単語を知ったのはそれから十日ほど経《た》った夕方のことだった。教えてくれたのは良昭と同じうさぎ組にいる女の子の母親で、同じマンションの上の階に住んでいるらしい。いつものように良昭を迎えに行った保育園の門で手招きされて近づいたら、なにやら見知らぬ施設の名前と電話番号が書かれた小さなメモを渡された。

「もしもね、もしもよ。ひろちゃんのお父さんも慣れない子育てで大変な時期だと思うのね。このあいだみたいにずっとよっちゃんが泣いてたり、お父さんに……うーん、もしよっちゃんがね、お父さんにぶたれたりしたら、すぐおばさんに言ってね。それか、お父さんが居ない時にここに電話してもいいから。そういう相談に乗ってくれるところなの」

そうそう、と隣で別のおばさんが頷き、眉間《みけん》にしわを寄せたまま苦々しい溜《た》め息《いき》をついた。

「こんな寒い日によっちゃんにコートも着せないで。しかもあんなに泣かせておくなんて、ひろちゃんのパパはなぐさめるとかしないの？　あんたたち本当に大丈夫なの？」

大丈夫と聞かれても、なにが大丈夫でなにがダメなのか、宏之にはよく分からない。確かに夕飯時に良昭は母親を求めてよく泣く。テレビから少しでも悲しい音楽が流れたらもうダメだ。抱き上げても揺らしても、身をよじってわめき続ける。最近では父親もあやすのを諦《あきら》めてひとしきり爆発が収まるまで放っておくことが多い。苛立っている時にはうるさい、と声を荒げてテーブルを叩くこともある。食事時の他、風呂でも泣くし歯磨きでも泣く。これが大丈夫か、ダメなのか、誰かに決めて貰った方がいいんだろうか。学校の先生とかお医者さんとか、そういうエライ人なら、決めて、なんとかしてくれるんだろうか。

おばさんは二人とも、宏之より頭一つは背が高い。たくましくて賢い大人のひとだ。その大人たちに、どうやら父親は良昭にとって悪い存在だと見なされたらしい。大丈夫とダメの区別はつかなくても、ソウダンジョがよく分からなくても、おばさんたちの顔つきからそれくらいは推測できる。はあ、と鈍く頷き、宏之はそれ以上の返事が出来ずに立ち尽くした。

良昭はどうだったか覚えていないが、宏之自身も今日はコートを着ていない。父親が寝坊をしてしまい、もちろん息子二人も起きられず、ひたすら急いで仕度をした慌ただしい朝だった。外に出てから風の冷たさに驚いたものの、遅刻しそうだったので急いで学校へ走った。

良昭のコートのことを言った後に、おばさん二人は難しい顔で宏之を見おろした。伸ばさずに干された薄いトレーナーは全体に細かなしわが寄り、両肩の布地が洗濯ばさみでつまんだ形にぴんと跳ねている。朝の時点で気づいてはいたものの、気にしないようにしていた。急に自分が父親の失敗を近所に見せつけて回っている気分になり、宏之は火で炙られたように全身が熱くなるのを感じた。恥ずかしかったし、こわかった。この場から逃げ出して、家の布団に隠れてしまいたい。失敗を隠さなければ、悪い大人として、父親までどこかに連れ去られてしまうかもしれない。かく、と寒さのためだけではなく膝が震える。

ひろちゃんも風邪引かないように気をつけてね。そう言って背を向けるおばさんたちを見送って、ようやく動けるようになる。メモをしばらく眺め、くしゃりと握ってズボンのポケットに入れた。

うさぎ組の教室から出てきた良昭は確かにコートを着ていなかった。宏之と似たようなトレーナー姿で、寒そうにズボンのポケットに手を入れている。保育士に会釈《えしゃく》し、指先が冷えた小さな手を握った。

今日はいくらか機嫌がいいのか、帰り道で良昭はお遊戯の時間に覚えたらしい歌を口ずさんでいた。がうがう、わんわん、にゃーにゃー。動物の鳴き声が多く取り入れられた呑気《のんき》な歌を聞くうちに、昨晩もうるさいぐらいにわめいていた姿を思い出して、全身の毛穴から色の濃い苛立ちがじくりと沁《し》みだした。

ぜんぶ、お前が、泣くから。

繋いだ手を振りほどけば、ぐ、と糸で引っぱられたように腕が持ち上がった。まだ毛の薄いつむじへ、思い切り平手を打ちつける。

鈍く水っぽい音が思いがけず大きく響いた。開いた手のひらに小さな頭の感触が残る。つんのめり、顔を上向けた良昭はぼう然と目を見開いた。宏之を映した黒い瞳《ひとみ》にみるみる大粒の涙がふくらみ、柔らかな目尻からこぼれ落ちる。

まだ奥歯の生えそろわない口をぽっかりと開けて、真っ赤な喉の奥を覗《のぞ》かせながら、良昭は体が二つに裂けてしまいそうなねじくれた声を薄曇りの空へとのぼらせた。誰へ訴えればいいのか分からないと言わんばかりの、か細く弱い泣き方だった。

ちぷ、と水が弾む音がする。泡が砕けるような、飴《あめ》をしゃぶるような。耳をかすめたそれに部屋を見回しても、音の出所が分からない。

母親の葬儀から三週間が経ち、良昭はあまり泣かなくなった。どことなくいつも疲れた様子で、くったりとソファに横たわっている。

小雨が降る日曜日、父親はトイレットペーパーや洗剤などの買い出しに出かけていた。意気込んで買った食材のほとんどを使い切れずに傷《いた》ませて以来、彼はあまり冷蔵庫にものを詰め込まなくなった。

いつものようにローテーブルとソファの間に寝転がり、携帯のゲーム機で遊んでいたら、ふいに耳の近くでまたあの音が聞こえた。

ちぷ。

なにげなく目を上げると、ソファに寝そべって眠たげなまばたきをする良昭の顔がすぐ近くにあった。まるでなにかを含んでいるかのように頰の内側で舌を動かしている。すぼめられた唇からちぷ、とあの音がする。

「お前、なに食べてんだ」

まず思い出したのは、良昭がはいはいを始めたばかりの頃、母親に「よっちゃんがおもちゃとかを口に入れてたら、危ないからすぐに出させてね」と言われたことだった。まさかおはじきでもしゃぶっていないだろうな、と指先を小さな口へおそるおそる割り込ませる。良昭は寝ぼけているのか、特に嫌がる様子もなく唇を開いた。なにもない。ざらついた舌とつるんとした歯が触れるばかりで、口の中に妙なものは入っていない。なら、さっきの音はなんだろう。唾液《だえき》に濡《ぬ》れた指を抜き取り、ティッシュでぬぐう。不思議そうに口を少しもごもごさせた後、良昭は、んん、と気だるげな声と共にこちらへ背を向けた。

買いものから戻った父親が、また寝てるのか、と少し気にした様子で良昭のひたいへ手のひらを当てる。季節の変わり目で消耗しているのかもしれないと、その日は早く寝かせることになった。風呂から上がったら湯冷めをしないうちに父親が子ども部屋へ連れて行き、絵本を読んで寝かしつける。

宿題を終え、一日一時間と決められているゲームを切り上げた宏之が子ども部屋へ入ると、どことなく空気が生温かく感じられた。乾燥に備え、父親が部屋のすみに加湿器を持ち込んだせいだろうか。体温と近い温度のぬるま湯に満たされているみたいだ。大の字で眠る良昭の隣の布団にすべり込む。目をつむるとすぐに意識がシーツへ沈んだ。

真夜中に、また同じ夢を見た。虎ほどの大きさの生き物がゆっくりと布団の周囲を這っている。良昭を守らなければならない、と傍らに眠る体へ手を伸ばし、二つ並べた布団の中央へ引き寄せようとする。

伸ばした手はなにもつかまなかった。あるはずの位置に良昭の体がない。怪訝《けげん》に思い、引き剝がすように重いまぶたを開いた。夢の中なのに、ちぷ、と濡れた音が耳を濡らす。ちぷ、ちぷ。

良昭は布団の縁にちょこんと座って部屋の暗がりへ顔を差し出していた。目を伏せた、安心しきった様子で口を開き、粘りのある水音と共に舌を動かしている。まるでその仕草がなにかを食べているように見えて、宏之は半身を起こした。布団に手をついて這い進み、良昭の体に片手を回してこちらへ引き寄せようとする。

「……おい、なにやって」

んだ、と言い終わるよりも先に、淡い匂いが鼻先をかすめた。柔らかい絹のリボンのような、なつかしい、甘い、もう二度と嗅《か》げないと思っていた、よりかかった背中の温かさを頰に蘇《よみがえ》らせる匂いだ。冷たい花にうずめて焼いた、母親の匂い。本棚と子ども机の影になった暗がりから漂ってくる。そこにいる。夢でも、会いに来てくれた。

なにかを考えるよりも先に、あふれだした涙が頰を濡らした。ひ、と喉を迫り上がる声を必死にこらえ、宏之は静かに息を吐き出した。これ以上、一言でもしゃべったら、暗がりにひそむ密《ひそ》かな母がどこかへ消えてしまう気がした。腕の中で良昭が身動《みじろ》ぐ。暗闇《くらやみ》へ乗り出して口を開く。なにかを口に入れて貰い、もごもごと咀嚼《そしゃく》する。なにを食べさせて貰っているのだろう。うらやましくなって、口を開いた。俺も欲しいよ、ちょうだい、と仕草でねだる。

間が空いた。怪訝に思う頃、そうっと唇を押し開いて、温かくも冷たくもないものがごろりと口の中へ転がり込んだ。

強烈な血腥《ちなまぐさ》さと鉄錆《てつさび》の苦みが舌を濡らした。細かな鱗《うろこ》のようなものが口の中の粘膜をこする。生の魚か、蛇か、そんなものをぶつ切りにしたようなおぞましいかたまりを、食べてはいけない、と体中の細胞が拒んだ。強い吐き気に喉が鳴る。食べてはいけない。これは、よくないものだ。

たまらず咳き込んで吐き出すと、敷き布団にぼとりとなにかが落ちた。けれど目には映らず、へこんだシーツの表面へ触れてもなにも指には当たらない。唾液に濡れた唇をパジャマの袖でぬぐい、信じられない心もちで抱き込んだ良昭の顔を覗く。

良昭はまるで甘いものでも舐《な》めているようなうっとりとした顔で、差し出されたものを食べ続けていた。まるで自分だけが母親に選ばれ、かわいがられているみたいに。暗がりの母と良昭の間には、宏之がけして交じることの出来ない不思議なつながりが生じていた。

全身に鳥肌が立った。とっさに良昭の体を抱き込んで布団の中央へと後ずさる。良昭はむずかって身をよじり、部屋の暗がりへ両手を伸ばした。まぁま、と甘えた声で呼ぶ。

「ママじゃない」

「まま！」

「母さんじゃないっ」

本物の母親ならこんな気味の悪いものを食べさせるものか。泣きたいような気持ちで暗がりを睨《にら》みつける。

「バケモノ消えろっ、いなくなれ！　消えろよ、お前なんか母さんじゃない！　母さんを返せ！」

本物の母親なら、自分を置いて良昭だけを連れて行こうとなんてするものか。本当は良昭の方が好きだったなんて、そんなことがあってたまるものか！　まばたきのたびに涙がこぼれる。もがく良昭を力任せに押さえ込んだ。

暗がりから、静かなものがこちらを見つめている。姿は見えなくても、しっとりと濡れた目線を感じることが出来る。それはやがて、ほぉ、と深く息を吐いた。水の気配が押し寄せて、泣いているのが分かる。声を立てずにすすり泣いている。許すものかと念じながら、目の奥が痛くなるまで薄い影を睨み続けた。

いつのまに布団にもぐり込んだのだろう。気が付けば洗ったように白い朝の天井が目前に広がっていた。隣では、枕によだれのしみをつけた良昭が青白い顔で眠っている。

朝だぞ、と顔を出した父親にうながされて顔を洗い、朝食の席に座る。今日はトーストと両面を焼いた目玉焼きだった。宏之は全部食べたけれど、良昭は腹でも痛むのか半分以上を残した。ここのところさっぱり食欲を見せない。どうした、と父親が顔を覗き込むと、良昭は眉尻を下げた泣きそうな顔で「きもちわるい」とうめいた。

「げーする」

「なに？」

ひく、と背中を痙攣《けいれん》させた良昭が口元を押さえるのとほとんど同時に、父親が小さな体を抱き上げてトイレへ走った。扉が開く音に続いて、苦しげに喉を鳴らす声が聞こえる。宏之は昨日の夢を思い出しながら席を立った。もしかしたら、昨晩良昭が食べていた奇妙なものの正体が分かるかもしれない。なんだこれ、と父親が怪訝に思って、自分の代わりに母親の真似《まね》をした奇妙な化け物を家から追い出してくれるかもしれない。

「よしよし、苦しいならぜんぶ出しちまえ」

風邪かな、と唸《うな》る父親の肩ごしにトイレを覗き、宏之は息を飲んだ。便器の内部は真っ黒に染まっていた。そうするうちにまた良昭が背を引き攣らせて、墨のように濁ったものを吐く。

「やばいって、なにこれ。風邪じゃないってぜったい」

「そうか？　でもこいつ前にも風邪で腹を下したことあっただろう」

「そんな、腹下したとかじゃなくて、吐いたものが真っ黒って変だろ！」

「まっくろお？」

振り返った父親は心底わけが分からないといった顔をしていた。なに言ってんだ、いいからお前は仕度しろ。何事もなかったかのようにうながされ、冷水を浴びたように体の温度が下がっていく。

父親には、良昭を蝕《むしば》んでいるものが見えないのだ。落ち着かないままコートを羽織り、父親に抱っこされた良昭を振り返りながら登校する。

放課後、クラスの担任から朝のホームルームで預けた携帯を返されると、真っ先に留守番電話を確認した。予想通り、父からの伝言が入っている。半休をとって良昭を病院へ連れて行ったらしい。発熱も腹痛もなく、少し胃腸が荒れているので刺激物や油ものは避けるように、という指示だけだったため、午後は保育園へ送り届けたという。お迎え頼むな、といういつもの一言で締めくくられた伝言を消去し、宏之はランドセルを弾ませて保育園へ走った。

ぱらぱらと保護者が引き取りに訪れる賑《にぎ》やかな教室では、保育士がそわそわする子どもたちを自分の周囲に集めて手振りをつけたゲームを行っていた。今日のおひるごはんはなーんだ、あさごはんはなーんだ、昨日のおゆうはんはなーんだ。そんな風に問いかけて子どもたちに考えさせ、すぐに答えられたらみんなで拍手をする。もし考え込んだら、おさかな、おにく、ぱん、ごはん、など、候補をたくさん挙げていく。宏之も保育園時代によくやらされた、勉強と遊びが混ざったゲームの一つだろう。

良昭の番になった。今日のおひるごはんはなーんだ。これは他の子たちも答えていたので、良昭はすぐに得意満面で「シチュー！」と声を上げた。拍手をされて、嬉しそうに体を揺する。じゃあ、あさごはんはなーんだ。良昭は一瞬考え込み、たまごやき、と嬉しそうに答える。目玉焼きだろう、とそばで聞いていた宏之は少し呆《あき》れた。まだ区別がついていないのか。

じゃあ、きのうのおゆうはんはなーんだ。にこやかな問いかけに、良昭はまた「たまごやき」と言った。あれ、よっちゃん昨日の夜も卵焼き食べたの、と保育士がおかしそうに笑う。じゃあ、昨日のおひるごはんはなーんだ。休日だったため、昼には父親がパスタを茹《ゆ》でてレトルトのミートソースを掛けてくれた。粉チーズがたくさんかかっていて、とてもおいしかった。良昭は迷わず、元気よく口を開く。たまごやきっ。周囲を囲む子どもたちは笑い、保育士は一瞬眉の辺りを曇らせた。説明を求めるよう、そばに立つ宏之を見上げる。なんの不安もない子どもなら、三食卵焼きとかそんなふざけた答えも、冗談や勘違いとして笑い飛ばしてもらえるのだろうか。ささくれた思いつきに唇が曲がった。

「普通に、他のものも食べてます」

硬い、自分で思うよりもずっと素っ気ない声が出た。保育士の女性が慌てた素振りでそうよね、そりゃそうよね、もう、よっちゃんたら卵焼きが大好きだからそのことばかり覚えてるのね、と苦笑する。卵焼きなんか全然食べていないくせに、父親が時折作ってみせるスクランブルエッグみたいなそれは泣いて嫌がるくせに、良昭はにこにこと笑って「たまごやきっ」と繰り返す。

　昨日から降り止まない雨の中を並んで帰った。傘を差すのがへたくそなので、良昭にはカエルのイラストが入った子ども用の雨合羽を着せている。「つかれた」と言ってぐずるたびに路肩で足を止め、しゃがみ込む良昭の体に傘を差しかけた。合羽と同じカエルマークが入った黄色い長靴と、雨に濡れた頰と、寒そうにこちらを見上げる良昭の目と。

　傘の柄を自分の肩へ乗せ、両手を空けた宏之はビニール生地に包まれた良昭の背中に腕を回した。弾みをつけて抱き上げる。小さな長靴の爪先が膝の真下へ当たる。良昭はまるで具合を窺《うかが》うようにじっとしたまま、宏之の鎖骨にもたれていた。十メートルほど運んだ辺りで重さに腕が痺《しび》れ、宏之は良昭を下ろした。見つめ合い、ろくにしゃべらないままクリーニング屋の軒先で少し休憩して、手を繫いでまた歩き出す。

　家に帰りつくと宏之はまず良昭の濡れた衣服を脱がせ、暖房を付けた部屋で着替えをさせた。自分も湿ったシャツとジーンズを脱いで部屋着になる。菓子鉢には、おやつに食べろという意味だろうコアラのマーチが入っていた。子ども部屋から毛布をとってきて、ソファの上で良昭とくるまる。こまかな雨がベランダのガラス戸をさあさあと撫でていく。うたた寝を繰り返すうちに玄関の扉が開き、ただいま、とスーツの肩に雨のしみをつけた父親が帰宅した。

「なんだお前ら、脱ぎっぱなしか。あーあー、洗濯機いっぱいだな。明日洗濯するか」

おかえりと言いたいのだけど、片方の頬を毛布に埋めているせいか眠くて舌が回らない。父親は脱衣所の外へと飛び出た衣服を拾って歩いていく。着替えさせることで頭がいっぱいで、後片付けまで気が回っていなかった。良昭の具合はどうだ、という問いかけに、んん、と半端な相づちを返す。良昭は毛布に絡《から》まりながらソファの隅に顔を押しつけた変な格好で眠っている。

それからまた、数分ほど寝ていたらしい。ひろぉ、と脱衣所から呼ぶ声に目を覚ました。父親の声が奇妙に歪んでいる気がして、不穏を察知した頭へざっと勢いよく血が巡る。ソファを下りて脱衣所へ向かうと、父親は自分たちが脱いで洗濯機に入れておいた衣服のポケットをひっくり返し、余計なものが入っていないか確かめているところだった。手に、くしゃくしゃになったメモを持っている。

「お前、これ誰にもらった」

捨てようと思っていたのに、ずっとポケットに押し込んだまま忘れていた。いつもそうだ。父親の失敗も自分の失敗も、突然車の前に飛び出した野生の鹿《しか》のように圧倒的な存在感を伴ってまざまざと目の前に立ちはだかる。一度出てきてしまえば、もう二度と隠せない。けれど、自分は本当にあのメモを捨てようと思っていたのだろうか。父親を信じて、捨て切れたのだろうか。

「知らないおばさん」

「はは。知らないおばさんか」

父親はまっ青な顔をしかめて笑い、ちくしょう、と呟いてメモを握り潰した。


真夜中に目が覚める。本当は目など一度も覚めていないのかもしれない。宏之は深い青色に染まった天井をしばらく見つめ、喉の渇きを感じて起き上がった。廊下へ続く扉を開いたら、そこには秘密の王国の使者が膝をついている。クラスで一番かわいい女の子から、「ひろくん助けて」とテレパシーが入る。偽者《にせもの》の両親が正体を現し、本物の両親を捜す旅に出なければならなくなる。宏之は足を止めずに廊下からリビングへ続くガラス戸を開いた。

「ん、どうした」

父親は音量をしぼったテレビの前に座って、一人でお酒を飲んでいた。ローテーブルには大きめのビールの缶が三つと、見たことのない強そうなお酒の瓶が並んでいる。つまみはなかった。

「のどかわいた」

「おお、あれ、あれ買ってあるぞ。あれ」

酔っているのか、名前が出てこないようだ。冷蔵庫へ向かうと、宏之がいつも好んで飲んでいるスポーツドリンクの二リットルボトルが見つかった。未開封なため、蓋が固い。手のひらを赤くして挑んでいると、酒くさい体がぬっと近づいてボトルを取り上げ、あっけなくそれを開けた。どぼどぼと無造作にコップに注いで、宏之へ差し出す。

「早く寝ろ」

「うん」

冷たい液体をあおると、潮が引くように夢の火照りが覚めていく。父親は気だるい仕草でテレビの前へ戻った。無言のまま、背中を丸めて画面に見入っている。

母親と並んでくつろいでいた頃、手入れの行き届いた温厚な獣のようだった後ろ姿からは、なにもかもが変わった。毛羽立ち、疲れ、傷んでいる。酒の量も増え、表情がどこか険しくなった。首筋の痩《や》せた横顔が、ニワトリだったりカラスだったり、騒がしく神経質な鳥に似てきた。本物か偽者かは分からない。これから自分や良昭は、彼の手落ちで風邪を引いたり、腹を下したり、苦しんだり、みじめさを負ったり、恥ずかしい思いをしたり、するのかもしれない。けれど目の前にいるのは、紛れもない、ただ一人だけの父親だった。

おやすみなさい、と酒くさい背中へ呼びかける。おお、腹だして寝るなよ、と低い声が返り、宏之はリビングの扉を閉めた。子ども部屋へ戻る。

室内に入ってすぐに、なつかしい体臭が鼻をかすめた。いつのまに起き出したのか、布団の裾《すそ》へ移動した良昭が暗がりへ頭を預けている。嬉しそうに目をつむり、しがみつき、頬を擦り寄せている。その小さな頭を、影から伸びた女の白い手が撫でていた。ハンドクリームの香りがする、爪の根元にささくれが浮いた、この世で一番好きな母親の手だ。今日、良昭は夕飯のあとにも黒い水を吐いた。吐瀉物《としゃぶつ》の異変は見えないようだが、別の医者に行ってみるか、ありゃヤブかな、と父親は情けない顔で頭を掻いていた。

薄い眩暈《めまい》を感じながら歩み寄り、良昭の腰に両腕を回して優しげな手から引き剝がそうとする。すると、女の手がひらめいて宏之の腕を握り、深々と爪を突き立てた。

びりっと電流が走るような鋭い痛みに全身が強張《こわば》る。女の手は血管を浮き立たせてぶるぶると震え、五枚の爪で容赦なく肉を食い締めた。白くなめらかな皮膚から、ふいに毛穴を押し広げて濡れた真っ黒な羽が噴き出す。カギ型に曲がった指は醜く太り、木の根のごとく関節を隆起させる。爪が鋭さを増し、皮膚を破って肉を刺した。鬼の爪に、自分の血がしみていく。その光景を宏之はぼう然と眺めていた。

「母さん」

暗闇から伸びた鬼の手が、腕をつかんで離さない。このまま闇の世界へ引きずり込まれるのだろうか。腕をにぎり潰されるかもしれない。

「母さん」

それでも、ハンドクリームの匂いが消えないのだ。鬼の手はそれ以上引き寄せることもせず、痛めることもせず、その場でぶるぶると震え続けている。

母さん、ともう一度呼ぶと血のにじんだ皮膚から爪が外れた。そろえた指が傷口に触れ、おそるおそる、いたわるように撫でさする。涙がこぼれた。

「父さんを助けて」

節くれ立った鬼の手が動きを止め、やがてためらいがちに宏之の腕をたどった。肩から首、顎《あご》先へと這い上がり、頬の湿りに驚いたように指先をわななかせる。血染めの爪から鋭さが失せ、ずらりと並んだ黒い羽が青ざめた皮膚へと溶けていく。

やがて、人間の肌のなめらかさを取り戻した親指で、宏之の目尻を右、左と順番にぬぐった。顔のオウトツを撫で、宏之の耳の形も、良昭の目元の柔らかみも、長い時間をかけて入念にさぐる。宏之の手を取り、五指を絡め合わせて強く握る。良昭の髪を撫でつける。

やがて月の位置が変わる頃、するりと遠のいた白い手は夢のように物陰へ消えた。宏之はパジャマの両袖で涙をふき、膝で横たわった良昭を抱き上げて元の位置へ運んだ。

振動にまぶたを持ち上げた良昭が唇を揺らし、甘いものを噛んだような声で「まま」と呼ぶ。

翌朝、宏之は父親に追い立てられて起き上がり、いつものように顔を洗って寝ぼけたままリビングに向かった。今日も寒いのか、ベランダのガラス戸が曇っている。良昭にコート、とまず思う。俺もコート、出来ればマフラーも。今日は体育あったっけ、体操着、ジャージの下も持って行かないと寒い。ぼんやりと思いながらコップを持ってきて牛乳を注ぐ。

お、とコンロに向かっていた父親が奇妙な声を上げた。お、おっ、ひろ、よしを呼んでこい！　うるさいなあと思いつつも、朝の父親は余裕がなく、口答えをすると痛い目を見るので、リビングのソファで二度寝をしかけていた良昭を台所へ連れて行った。

父親は得意満面でなにか黄色いものが載った皿を差し出してきた。寝ぼけていた良昭がぱっと目を輝かせ、たまごやきっ、と歓声を上げる。黄金色の卵焼きがふんわりと綺麗に巻けていた。

「どうだ、どんなもんだ。これなら文句ないだろう！　食ってみろ、ほら」

一口分ずつ切り取られた温かい塊は舌の上で溶け、ほどよい甘みを伝えながらあっというまに血や肉へと染《し》みていく。

季節柄ずっと長袖を着ていたので、父親はかさぶたになった腕の傷には気づかなかった。白く美しい骨の箱は、それから間もなくマンションから車で二時間ほど走った先にある父方の先祖の墓へと納められた。

和室の祭壇が片付けられ、腕に刻まれた爪痕《つめあと》のかさぶたが剥がれ落ち、母親を思わせるものが位牌《いはい》と写真だけになってもなお、宏之は時々、家の物陰でなつかしいハンドクリームの香りを感じる。

明滅

土曜日の雨はひときわ強く、粒が大きかった。「裏山の地盤がゆるんでいる可能性がある」と役場から通達が出され、山すその住民は少し離れた中学校の体育館へ自主避難することになった。男手を集める自治会の連絡が回され、今村《いまむら》は昼食の手を止めて家を出た。雨合羽をはおり、二時間かけて土砂崩れ防止用のロープを木と木のあいだへ張り巡らせていった。

「参ったよ。山の西側は大通りの手前まで退避だ。じいさまたちを連れて第二中学まで行ってきた」

帰宅後、冷めてしまった焼きそばをレンジで温め直していると、作業中だったのかペンキ汚れのついた前掛けをつけた絵里子《えりこ》が台所の戸口に顔を出した。

「お疲れさま。このへんは大丈夫なの？」

「ああ、今のところは西側だけだ。ここらは地盤も固いし、川からも遠いから、まず大丈夫だろう。大地震でも来ないかぎりな」

「だいじしん」

響きを確かめるようになぞった妻の唇が軽くすぼまる。考え事をするときの癖だ。

「ほんとに来るかな」

「わからない」

「十一月の伊豆の地震は当てたんでしょう？　その予言者」

「いまだに予言やオカルト系の掲示板では、日本列島は毎月沈没することになってるんだ。絶対数が多いんだから、たまたま一つ当たったって驚くことじゃないさ」

「でも、話題になってる。ツイッターでも」

「テレビが面白半分に取り上げたからだろう」

予言によれば明日、日曜日の午後二時に東京湾を震源とする巨大地震が発生して、関東一円は海に沈むのだという。

チン、と高い電子音が仕上がりを告げ、今村はぱさぱさに乾いた焼きそばをレンジから取りだした。雨は止《や》まず、洗濯物は脱衣かごで山盛りになっている。食べかけだった皿を空にして、ようやく腹が落ちついた。食器を片づけ、絵里子が作業をしているガレージへ向かう。

母屋に隣接して作られた板壁のガレージには様々な木材や大工道具、塗料類が保管されている。前の住人は車を置いていたようだが、自分たちは車を持っていないので、もっぱら物置きを兼ねた作業用のスペースとして使用している。

中を覗《のぞ》くと、妻は片膝《かたひざ》を立ててベージュ色の木片に釘《くぎ》を打ち込んでいた。どうやら椅子《いす》の脚を座面に取り付けているらしい。この週末はパイン材の椅子を二脚と、テーブルを一つ作る予定だ。家具作りは夫婦共通の趣味で、使う予定のない作品は近所の人にあげたり、絵里子が美しい模様を描き込んでブログに写真を上げ、希望者に販売したりしている。

今村は彼女のそばに腰を下ろし、角材から切り出したパーツのヤスリがけを始めた。二人ともほとんど口を開かず、水の流れに似たなめらかさでお互いの作業を補い合っていく。電動ノコギリで図面通りに木片を切り抜き、ヤスリをかけ、金具を取り付け、組み立てる。ガレージの屋根から雨粒がより集まった細い水流が迸《ほとばし》り、庭土を叩《たた》き続けている。水滴が草木を打つ音、ひとかたまりが高いところから落ちる音、地中深くを流れる音。雨がもう六日も続いているせいで、皮膚の裏から下腹の空洞まで、体内をとっぷりと水音が満たしていて、抜けない。

ふと、背骨を軋《きし》ませる黒い川の水圧を感じた気がして、今村は濡《ぬ》れそぼる庭へと目を向けた。奔放に生い茂った芝や樹木には、この家を借り受けたときからほとんど手を入れていない。雑草に埋もれ、前の住人の置き土産である沈丁花《じんちょうげ》が小さな花をつけている。

一つ目の椅子を作り終え、休憩を取った。日が陰るにつれて冷えてきたので、石油ストーブを室内から引き出して暖を取る。熱い珈琲《コーヒー》をすすり、今村は口を開いた。

「家ごと、どこかに流されている気分になるな」

「水音のせいかな。山の方からも滝みたいな音がする。土砂崩れ、起きないといいね」

ストーブの金網にのせたビスケットをひっくり返し、妻は山の方へと耳を向けた。無言で目をつむる。今村も彼女につられて瞼《まぶた》を下ろした。コンクリートの橋が遥《はる》か頭上を通りすぎていく。伸ばした指先の凍え。水音から連想したくせに、その瞬間を思い返すとなぜだかなにも聞こえない。

絵里子と暮らし始めて三年が経《た》った。今まで言おうと思ったことは一度もなかったのに、気がつけば口から零《こぼ》れ出ていた。

「俺、中学の頃、川に流されたことがあるんだ。今日みたいな大雨の日で、増水してて、急いで帰ろうと自転車のハンドルを切った瞬間、前輪がスリップしてあっという間に土手から転がり落ちた」

泳ぎは得意だったけれど、落ちたときに腰を強打して足が全く動かなくなった。水を吸った衣服が重く絡《から》みつき、あぶくの立った川面が遠のく。生臭い泥の味が口いっぱいに広がり、なにも見えなくなって、背中を鉄の棒で殴られるような激痛が続いた。

「落ちたのに、まだどこかへ落ちていくみたいだった。冷たい鋼《はがね》の手に掴《つか》まれて、ひゅうっと遠くまで運ばれていく。俺の生死とか手足が残ってるかとかが、こんなにどうでもよく扱われる瞬間があるなんて知らなかった。死ぬことよりも、遠ざかることの方が怖かった。それまで居た場所から千切られて、今まで考えたこともない、目も耳もきかない真っ暗な場所へ連れて行かれる。好きな人たちとも二度と会えない。二度とっていう概念の意味が分かって、すごく怖い」

絵里子は言葉を挟まずにこちらを見つめている。今村は続けた。

「気がついたら、俺は病院のベッドの上にいた。中州の木に体が引っかかって助かったんだ。けど俺と同じ日に、同じ川へ落ちた友達のお母さんは、海まで運ばれたのか、いくら川底をさらっても靴すら上がらなかった。葬式では誰もが友達の肩を叩いておばさんはお前を見守ってるって言っていたけど、俺はどうしても、おばさんがものすごく遠い真っ暗な場所で、一人で、途方に暮れてるんじゃないかっていう想像が頭から離れなかった。また突然、何の前触れもなくあの気味の悪い手に捕まって、そういう救いようのない場所に連れて行かれたらどうすればいいんだろうって、今でもまだ、考える」

雨音で満たされた静けさの中、さくりと軽い音を立てて妻がビスケットを嚙《か》み砕いた。

「どうすればも何も、死んだらそれまででしょう。自分がどこでどう死んでいるかなんて、どうでも良くなってると思う。そんなのは、生きている人間が想像しても仕方のないことだよ」

今村は珈琲で舌を湿らせ、すこし間を置いてから首を振った。

「そうかもしれないし、そうじゃないかもしれない。ただ、俺の頭からは、真っ暗なものが消えてくれないんだ」

「まっくら」

「真っ暗。五感をすべて、剝《は》ぎ取られたあとみたいな」

「真っ暗で五感もない、そんな場所にもし連れ込まれたとして、あなたは何かしなくちゃいけないって思うの？」

「そんな場所で、一人で、どうして俺はこんな惨《むご》い目に遭わなきゃならなかったんだって愕然《がくぜん》としながら暗闇《くらやみ》を見続けるって、怖くないか。きっと、頭がおかしくなる」

「死後の世界の話だよね？　なのに、生きてる人間みたいに頭がおかしくなるの？」

「……そうだな、俺の言ってること、おかしいな」

おかしいよ、と眉《まゆ》をひそめた絵里子は指に残ったビスケットのくずを払った。重苦しい会話を断ち切ろうとする素振りで冷めた珈琲をすすり、今村に背を向けて作業へ戻っていく。

今村はなんだか拍子抜けした気分だった。こんな、あまりに個人的でどうしようもない感情を吐露して、自分は一体どんな華々しい返答を妻に期待していたのだろう。子供じみていると思いながらも、胸の一部が皺《しわ》まみれになってしぼんでいくのを止められない。

こんな感覚はどうせ理解されないとわきまえて、友人にも家族にも、誰にも言わずに長い時間を生きてきた。それなのになぜかほんの一瞬、まるでこの大雨に唆《そそのか》されたかのように、心を締めてきた箍《たが》が緩んでしまった。この冷たく重い厄介な泥を、妻になら打ち明けても良いような、晒《さら》しても悲しくならずに済むような、そんな馬鹿《ばか》げた期待を抱いてしまった。

マグカップを置き、組み上げたばかりの椅子にヤスリかけを始める。ほつれた会話を繕うつもりで彼女の顔を見ずに話題を変えた。

「個展の準備はどう」

「何点か足りないけど、なんとか間に合いそう。——あ、このあいだ作ったノジロ柄のベンチ、持っていくね。ブログに載せたら、見たいって人が何人かいて」

「あれ、松井さんにあげたんじゃなかったのか？」

「まだ。引き渡し、個展が終わるまで待ってもらう」

松井さんとはノジロという架空の巨大生物が活躍する小説を長年書き続けている通好みの児童文学作家で、絵里子はノジロシリーズの全編を通して装画と挿し絵を担当している。イラストの他にも、絵里子は頼まれればなんでもやる。小物のデザインもするし、カフェや雑貨店のショーウィンドウに一日がかりで花模様を描いたり、ウィンドウディスプレイ用にと依頼された五十個の木彫りのマカロンを一つ一つ毒々しい色合いで手塗りしたりもする。

社会人向けのDIY教室で初めて出会った時、笑わない女だと思ったのを覚えている。同い年の気安さもあり、親睦《しんぼく》のための飲み会で「クールだね」と水を向けたところ、自分の笑い顔が嫌いなのだとためらう素振りもなく答えた。あなたは、あなたに向けて微笑《ほほえ》む女の人に囲まれて生きてきたんでしょうね、とにこりともせずに言われたことが頭に残り、それが奇妙な恋の始まりとなった。

確かに、天袋の荷物を引っ張り出すのに脚立が要らないほど背が高く、目鼻立ちがすっきりと整った今村は学生の頃からたくさんの女性に好かれた。百貨店の外商という職業柄、人当たりの良さにも自信がある。

自分がそばにいても笑わない女というのが面白くて、今村は絵里子にちょっかいをかけ続けた。次第に彼女のそばでは自分も笑わないでいる時間が長くなり、ある日、自分は大して人前で笑いたくなどないのだと気づいた。出会って二年。二十九歳で求婚し、一年粘ってようやくOKをもらった。その頃、絵里子は持病の神経症が悪化して、知人の誘いで住居を人の多い都心から埼玉県西部の山沿いの町へ移すことを検討していた。私に付き合ったら毎朝通勤に二時間だよ、という困惑の声に、いいよそんなの、と答えたのがプロポーズの最後の一押しになったのではないかと思う。

雨は少しずつ強まり、気がつけば庭が白い水煙に覆《おお》われていた。

「そろそろ切り上げるか」

呼びかけに、絵里子が前掛けを外して頷《うなず》く。

「まっくら」

雨の庭を振り返り、彼女はぽつりと呟《つぶや》いた。目を向ければ、なんでもないとばかりに首を振る。工具を片づけ、その日の作業を終えた。

　夕飯は絵里子がチキンのトマト煮とサラダを作った。サラダの野菜はどれも近所の直売所で買ったものだ。スティック状にした人参やカブ、ピーマンなどを絵里子は味噌《みそ》を混ぜたマヨネーズで、今村は塩とオリーブオイルで食べ進める。テレビの天気予報は今週の長雨を観測史上最大規模の降雨量だと報じた。天気図では、色の濃い巨大な雲が日本列島を完全に覆い、更に海上まで長く尾を引いている。続くニュースの途中で、絵里子はチャンネルを変えた。近隣県で、民家の縁の下から嬲《なぶ》り殺された形跡のある四つの遺体が見つかったという特集だった。バラエティ、歌番組としばらくザッピングして、落ちつく先が見つからずにテレビの電源を落とす。

「音楽にする？」

　問いかけに、絵里子は無表情にうなずいた。今村は弦楽器を多用したロマ音楽のアルバムをプレーヤーへすべりこませた。鋭いストリングスと絡み合うようにして、太く艶《つや》のあるテノールが朗々と歌い始める。個性の強い民族音楽は、もともとは今村の趣味だったが、いつのまにか絵里子も好んで聴くようになった。自分が蒐集《しゅうしゅう》したＣＤを聴きながら作品制作をしている妻の後ろ姿を見るたび、今村は知覚が混ざるというとの生々しさ、不思議さに、薄い陶酔を感じる。

チキンをナイフで切り分けながら、唐突に絵里子が口を開いた。

「幼稚園のはじめ、休み時間に一人で泥遊びばかりしてた時期があったんだけど」

「うん」

「両親は、私があまり友達と遊ばないのをすごく気にしてた。仲間はずれにされているのかとか、社交性がないのかとか、何か心の病気なのかとか。他の子供みたいにお団子や山を作るわけでもなく、べたべたぬかるみを掻《か》き混ぜてるだけだったし。後で聞いたら、正直、ちょっと馬鹿に見えたらしいのね」

相づちを打ち、今村は食事の手を止めた。絵里子がまるで反応を窺《うかが》うようにこちらを見ている。視線を受けながら、話題の脈絡のなさと彼女の表情の真剣さとのギャップに首を傾《かし》げたくなった。

「でも私は、ただ冷たい泥をこねたり、ぎゅうっと握り潰《つぶ》したりするのが楽しかったの。こうして泥の形を変えて、丸めて、砕くことが出来る、私がここに居るんだなあって思った。変で、不思議で、指を動かすたびに嬉《うれ》しくて、お腹《なか》の底がちかちか光ってる気分だった。今でも、なんとなく覚えてる」

「昔から、繊細だったんだな」

「繊細かな」

うん、と頷く。頷く以外にない内容だと思う。絵里子は今村の目を見たままもどかしげに首をかたむけ、切りとったチキンを口へ運んだ。

食事を終え、今村は湯を沸かして珈琲を淹《い》れた。マグカップの片方をソファの妻へ差し出し、自分はダイニングテーブルの上でパソコンを開く。ニュースサイトを巡って今日起きた出来事の輪郭をあらかたつかんでから、会員制のビジネス情報サイトにログインする。目立った記事を数本読み流し、一杯目の珈琲が空になるころ、思いついてヤフーのサーチボックスにくだんの予言者の名前を放り込んだ。

水風船を針で破ったように、日本滅亡を論じるサイトがディスプレイ全体にあふれかえった。掲示板、日記、ツイッター、ゴシップのまとめサイト。論調はどれも過激で、アドレナリンを迸らせている。明日死ぬ、みんな死ぬ、関係国も密《ひそ》かに自国民を日本から引き上げさせている、過去最大規模の地震波が計測されたがメディアはどこも言及しない、知らされていないのは日本国民だけだ――。呪《のろ》いを杭《くい》打つような文句に、否応《いやおう》なく呼吸が浅くなる。予言に煽《あお》られ、ここ数日中に慌《あわ》てて関東圏から避難した人や、神経をやられて精神科を受診した人もいるらしい。渦中の予言者は自分のブログへ火種となった記事を投稿したきり、その後はまったく情報を更新していない。

今村は頬杖《ほおづえ》を突きながら阿鼻叫喚《あびきょうかん》の渦巻く画面をスクロールした。電子の世界がどれだけ混乱していても、昼に地盤のゆるんだ山すそを一緒に見回った自治会の男達は、噂《うわさ》の予言を苦笑で流した。たまに出回るよな、そういう話。クリックを一つ。ありとあらゆる拒絶が行きかう。政府批判、メディア批判、なんらかの行動を起こした者への批判、起こさない者への批判。それらを見ながら今村の頭に浮かんだのは、なぜか恐怖についてだった。黒い川に肉体を奪われたとき、一番怖かったのは、死ぬことではなかった。

「先に寝るね」

肩から湯の匂《にお》いをさせた絵里子がフリースのパジャマ姿で声をかけてくる。おやすみ、と片手を挙げるも、彼女はなにに気を引かれたのか去りかけた足を止め、眩《まぶし》く光るディスプレイを覗き込んだ。その時表示されていたのは、大予言の徹底分析、と称して古今東西の有名な予言とその信憑性《しんぴょうせい》を検証しているページだった。

「明日」

ぽつりと零すように言って、絵里子は口をつぐんだ。しばらく間を置き、おもむろに切り出す。

「セックスとか、したい？」

「ええ？」

「いや、もし、最後の夜なら」

妻の方からこういった誘いが出ることはまずない。だから、本当に驚いた。そしてこんな時でも仏頂面《ぶっちょうづら》であまり表情の変わらない女なのだと知り、そのいびつさになんだか腹の辺りが温かくなる。

「したくない。なんかそういうの、悲しくないか」

「そう」

絵里子はまだ何か考えていた。ライトグレーのフリースに包まれた腕が今村の肩へと回される。椅子を引いて向きを変え、体の正面で抱き返すと、下着をつけていないのだろう生温かい乳房が鎖骨で潰れた。

長い抱擁だった。濡れた髪を鼻先で掻き分け、ほくろの散った首筋に唇を当てても、彼女は動かなかった。肌の匂いを嗅《か》ぎながら、ゆっくりとまばたきを繰り返す。最後に大きく息を吐き出し、絵里子は体を持ち上げた。

「おやすみなさい」

「うん」

寝室へ向かう妻を見送り、今村は風呂場《ふろば》へ向かった。

自分たちはなぜ逃げないのだろう、と熱い湯を浴びながら考える。予言をさほど信じていない、というのはもちろんある。ここに残ったら明日、百パーセントの確かさで死ぬというなら話は変わってくるのかもしれない。絵里子の心身が環境の変化に弱いから、場所を動かしたくないというのもある。けれどそれは、絶対的な理由ではない。湯を払って顔を上げると、リフォームの際に絵里子が選んだ黄緑色のタイルの上をシャンプーの泡がすべり落ちていった。

髪を拭《ふ》きながらリビングへ戻り、付けっぱなしだったパソコンに手を伸ばした。電源を落とそうとして、今村はふとマウスカーソルの行き先を変える。マイドキュメントへ。そこから一つ、二つ、とフォルダを開き、奥まった位置へと潜っていく。最後に「03年度資料」と題されたなんの変哲もないフォルダをクリックした。

画面全体にずらずらと並ぶのは雑多なタイトルが付いた画像や動画のアイコンだ。そのうちの一つをクリックする。モノクロの森で、腕を縛られて銃殺された兵士達の遺体が掘り返されていく動画。次は、大規模災害のあとに設置された遺体安置所の画像。その次はそれぞれの母国を遠く離れ、両軍合わせて三千人を越える兵士が戦死した極北の小島に関するドキュメンタリー番組。さらには押し込み強盗に惨殺《ざんさつ》された主婦にまつわるニュース記事。初めてインターネットに触れた十代の頃からかれこれ十年以上続いている、絵里子には言わない、音楽と並ぶもう一つの蒐集癖。

　これらの記録の中の誰一人として、自分がこんなに惨い死に方をするなんて思わなかったはずだ。ごうごうと猛《たけ》る黒い川は、耳を聾《ろう》さんばかりの大声で繰り返した。お前は誰にも守られていない。お前は誰にも守られていない。お前は、誰にも、守られていない。黒い川にさらわれた友人の母親は、そのほんの数日前に商店街ですれ違ったときには手に重たそうな米袋を提げていた。あら、ケイちゃん今日は部活ないの？　えー、体育館が工事中なの。じゃあうちのマサミも早く帰ってくるのかしら。川の底か、それとも海か。誰も守ってくれないのに、届かない場所に連れ去られたあの人を、いったい誰が救ってくれるというのだろう。

　就職して、自分で住居を選べる立場になってからはなるべく水辺を避けて暮らした。伴侶《はんりょ》を得て、安定した豊かな生活を築いてきた。月日は流れ、背だって随分伸びたのに、未《いま》だに大鐘に似た川の声が鳴り止まない。それでも生き続けていたら、いつかこの黒い水流を打ち砕くものに出会える、この救いのない場所から連れ出されると、心のどこかで信じていた。

　けれどそれは、妻に求めるものではなかった。当たり前だ。人間一人に投げつけるには乱暴すぎる問いだ。予想通りの反応が返っただけなのに、どうして俺はこんなに気落ちしているのだろう。

いくつかのデータを開いては眺め、やがて目頭を押さえて今村はパソコンの電源を落とした。リビングの照明を消して寝室へ向かう。静まりかえった暗い家を、果てのない豪雨が叩き続けている。大量の水が溜《た》まり、あふれ、流れ落ちる。

ダブルベッドの片端へ寄った絵里子の背中へ腕を回して、毛布を被《かぶ》った。

同居を始めた当初、絵里子は同じ部屋で他人が眠っているのが耐えられないと言い、リビングで眠ろうとした。それを押しとどめて今村は代わりに二ヶ月ほどリビングのソファで眠り、ある日、朝になると腹の辺りに絵里子がもたれて眠っていた。幼い頃から自分の顔を醜く思いつづけてきた、人に好かれる日が来るなんて思わなかった、と打ち明けられたのはいつのことだっただろう。今村から見れば、絵里子は多少地味だが愛嬌《あいきょう》のある可愛《かわい》らしい顔をしている。けれど彼女は、自分を振り返る他人の顔が歪《ゆが》むように感じるのだという。また別の日の深夜、彼女は子供を持ちたいと言った。ずっと自分に似た子が生まれたらと思うと怖かった。けれどいつか体を治して、迎えて、あなたと育ててみたい、とまるで自分たち以外の誰かに漏れ聞かれるのを恐れるような心弱い声で言った。

今村には絵里子の恐怖の源が分からない。彼女が大切そうに語った泥遊びの記憶も、それほど琴線には触れなかった。恐らく数日もすれば他の雑多な記憶と混ざって忘れてしまうだろう。絵里子も、黒い川の中州に縫い止められた幼い今村を知らない。それでも自分らは夫婦なのだ、と思う。少しずつ近づいた、どこにでもいる、当たり前の。

目をつむって間もなく、深い川へと落ちた。伸ばした指の遥か上方を、もどかしい速度でコンクリートの橋が通過する。なにも聞こえない。時々踵《かかと》が川底を掠《かす》めるけれど、手足をなくした肉塊みたいな体のどこにも力が入らない。やがて背中を強《したた》かに打ちつけながら、孤立した中州にくくりつけられる。肺が水圧に潰れ、ささくれた木肌が首筋を刺す。顔を上げると、彼方《かなた》から、黒々とした川がおぞましい水量で押し寄せてきていた。凍えるような無限だった。何度まばたきをしても消えてくれない。少しでも動いて幹から体が外れたら、今度こそもって行かれる。そう思った瞬間、前方からするすると白っぽいものが流れてきて目前でぷくりと濁流に沈んだ。昼間に絵里子と一緒に組み立てた椅子だ。ふいにいかずちのような悲しみが降り落ちて、ああ、絵里子はもって行かれた、あんなに怖がりなのに、傷《いた》みやすいのに、壊されてしまう、と背後を振り返ることも出来ないまま慟哭《どうこく》する。

瞼を持ち上げ、まず感じたのは物理的な胸の痛みだった。膨れあがる、冷たい鉄の塊に似た恐怖が体を破って外へ出ようと、肋骨《ろっこつ》を内側から押し上げている。呼吸が出来ない。左胸の上に手のひらを当てて自分の体温でなだめていく。少しずつ、氷が溶けるように痛みは引いた。全身が冷や汗に湿っていた。

隣に妻の姿はなかった。今村は枕元《まくらもと》の置き時計へ目を走らせる。午前五時、まだ起きるには早い。カーテン越しの日射《ひざ》しも薄い。外を覗くと、青暗い早朝の庭を絡みつくような地雨が濡らしていた。ベッドから下りてリビングへ向かう途中で、トイレの扉が開いているのに気づく。中では絵里子が便器に顔をうつむけて嘔吐《おうと》していた。慌てて背中をさする。

「どうした、苦しいのか」

ちがう、と汚れた口をぬぐいながら彼女は涙目で首を振った。

「ものすごい夢をみただけ。だいじょうぶ」

今村の腕へ置かれた手は、まるで水から上がったばかりのように冷たかった。ぐう、と低く喉《のど》を鳴らし、彼女はまた濁った胃液を吐いた。

ベッドに戻りたくないと言うので、毛布をリビングのソファへ運んだ。マグカップに紅茶を作って差し出したところ、絵里子はようやく落ちついた様子でそれをすすった。

「夢見の悪い話をしたからだな、ごめん」

彼女は長いまばたきの後、血の気の引いた顔をゆっくりと左右に揺らした。

「私の、思い込みかもしれないし、ひとりよがりかも、しれないけれど」

一拍を置いて、息を吸う。引き攣《つ》れ、ねじれ、裂けた柔らかい部分から緋色《ひいろ》があふれ出すような声だった。

「あなたは、あんなに怖い場所にいたのね」

今村は自分の紅茶に口を付けた。突如降り落ちた負の奇跡に混乱していた。絵里子はあの真っ暗な無限を見たのだろうか。なぜ。そして自分はそれを、望んでいたのだろうか。同じ暗闇へ引きずり込むことを？　後ろめたさから妻の冷えた肩を撫《な》でる。いや、そんなわけがない。ただ、滅多にない大雨の水音と、自分の暗い思い出話が、彼女に嫌な夢を見せただけだ。絵里子は黙って赤銅色《しゃくどういろ》の水面へ目を落としている。庭へ続くリビングのガラス戸は細かな水滴に埋めつくされ、朝だというのに部屋が暗い。神経を苛《さいな》む雨が、どうしても止んでくれない。

朝食は今村が作った。卵に炒《いた》めた玉ねぎとツナを混ぜてオムレツを作り、缶詰のミネストローネを温める。最後に冷凍してあった丸パンをトースターで焼いた。喉を通らないかとも思ったが、絵里子はまるで吐き気に抗《あらが》うかのように時間をかけて食べ物を咀嚼《そしゃく》し、腹へと詰め込んだ。テレビを付ける。スーツ姿のニュースキャスターが昨晩の大雨で七人が川に流され、三人が死亡、二人が救助され、残る二人が行方不明、さらに二軒の民家が土砂崩れに飲まれ、住民の安否は不明だと伝えた。

胃が落ちつくのを待ち、夫婦は家具の続きを作るため、再び水の匂いに満たされたガレージへ向かった。昨日すでに用意しておいた二脚目の椅子のパーツにヤスリをかけ、釘を打つ。途中から今村は木板を削ってテーブルの天板を作りはじめた。遠くで雷が鳴っている。大気の震えが肌へと伝わる。時々休憩を取ってストーブで冷えた手を炙《あぶ》りながら、いつもの日曜日と変わらない速度で変わらない作業を続けた。

正午に絵里子が室内へ入り、しばらくしてハムを散らしたピザトーストとコンソメスープをトレイに載せて運んできた。適当な段ボール箱をテーブル代わりにしてトーストを頬ばりながら、予言の時刻まであと二時間か、と今村は気づく。ぎりぎり作り終わるだろう。不思議なことに、思うのはそれだけだった。顔を上げると、朝食の時よりも幾分食べやすそうな様子で、絵里子がスープのカップを傾けていた。

汚れた皿を流しへ運び、朝の食器と一緒に洗う。

役場の防災無線が女性の声でなにかを報じている。けれど、雨音に紛れてよく聞き取れない。……イ、……メ、……サイ、と辛うじて語尾が届くばかりだ。おおかた午後から雨が激しくなるだとか、本日も山には近づかないようにだとか、そんな内容だろう。本当に切迫した用件は自治会の連絡網を通じて携帯に届くはずだ。そこまで考えて、今村は濡れた皿を拭く手を止めた。ただ、この雨だ。山崩れや落雷で携帯の基地局がやられたら、たやすく通信は遮断される。

もしかしたら、自分たちはとっくに孤絶しているのかもしれない。ジーンズの尻《しり》ポケットから携帯を取り出す。アンテナは一つしか立っていない。ためしに窓辺へ近づけると圏外になり、手元に引き寄せるとまた一本になった。雷のせいか、ときどき表示がちらつく。今村は携帯をふたたびポケットへ押し込み、残りの皿を拭いた。

ガレージに戻ると、ちょうど絵里子がテーブルを組み立て終えたところだった。また少し雨足が強まったようで、外の景色が白んで見える。仕上げのヤスリかけを手伝い、出来たばかりの椅子にそれぞれ腰を下ろす。周囲には爽《さわ》やかな木の香りが漂っている。柔らかいパイン材は、撫でるとクリームのようになめらかな手触りを返した。

「まあまあよく出来たな」

「うん」

「色塗りは？」

「雨が止んでからにする。どうせこんな天気じゃ、塗っても乾かないし」

「そうか」

まだ防災無線が遠くで呼びかけている。……ノタメ、……サイ。川の近くには近寄らないでください、だろうか。どこどこの家の老人が見当たらなくなってしまった、だろうか。それとも、とうとう山が崩れたのだろうか。土砂が、あふれた川が、この家にも迫っているのだろうか。なんだか立ち上がる気がしなくて、じっと濡れた庭を見ていた。ストーブに近い、膝の先だけが温かい。

「あのことを、考えてみたんだけど」

絵里子が言った。今村は無言で彼女の横顔へ顔を向けた。

「もしも、あなたの中に出来てしまった、真っ暗な、なんの救いもない場所に連れて行かれたら、私なら何をしてるだろうってずっと考えていたんだけど」

ああ、と今村は妻の言葉を聞きながら胸が塞《ふさ》がれるように思う。こんな風に、周囲の人間が溜めてきた汚濁を生真面目《きまじめ》に拾い集めるから、お前は病気になったんだ。けど、そういう女だと、どこかで知っていたのかもしれない。知っていて、笑わない彼女を好きになったのかもしれない。いとおしさと痛ましさがゆっくりと溶け合い、体の内側をぞろりと重く塗りつぶしていく。

「うん」

「私は、あなたの名前を呼ぶと思う」

それは今村にはやけに甘ったるい、安易な答えのように感じられた。軽い失望をこらえながら「助けに来て欲しいってことか」と問いかける。妻は静かに首を振った。

「あなたの名前を呼べば、私は昨日のことや今日のこと、大事にされたことを思い出せる。どれだけ遠くても、暗くても、受け止めきれない乱暴に晒されて、多くの物事に裏切られた気分になっていても、悲しいだけじゃなくなるから。呼んで、唱えて、会えて嬉しかったなあって繰り返しながら、私という存在の認識が終わるまで、暗闇の底で光って遊ぶ。それを、この世のどんなものにも侵させない」

膝を握りしめる絵里子の指先は、白く染まって震えている。彼女の言っていることが分かるような気もしたし、分からないような気もした。ただ、彼女が懸命に自分を助けようとしていることが分かった。

奥に火を点《とも》した黒い瞳《ひとみ》を見つめるうちに、雨音が遠のいた。それは、腹の底がうっすらと光り出すような不思議な感覚だった。この世の暴力に比べればあまりに脆《もろ》い、怖がりで崩れやすい土塊《つちくれ》みたいな自分たちが、お互いの恐怖を撫で溶かそうとしている。どれだけ遠くとも、この指のぬくみを握りしめて行けるのかもしれない。そう思った瞬間、時の止まった川底に針先ほどの光が瞬《またた》いた。

時計はまもなく十四時を指そうとしている。

「珈琲を淹れてくる」

妻の肩に触れて台所へ向かい、今村は水を溜めた薬缶をコンロにのせた。

かいぶつの名前

もうずいぶん長くここにいて、廊下のすみにうずくまり、埃《ほこり》をかぶった消火器や花瓶の気持ちになろうと頭をなるべくからっぽにしたり、溶けて、溶けていこう、消えてしまおうと念じ続けたりしているのに、私はいっこうに消えることが出来ないでいた。

私の目の前を、上履きを履いたたくさんの足が通りすぎていく。すこし硬そうな、若く細い足。生徒たちの足だ。たまに、スリッパを履いた教師の足もまじる。足の群は、はっきりと見えることもあるし、霧がかかったようにしか見えないこともある。まばたきをすると、ゆらりとゆがむ。チャイムが鳴る。私はまた目をつむる。消える。消えたい。消えよう、と繰り返す。そうするうちに糸で引いたようにするすると窓の向こうの日が落ちて、夜になる。

校舎に動くものがなくなると、私は壁に手をついて立ち上がる。

夜になると、ついてくるものがいるのだ。

姿を見たことはない。けれど、ずず、となにか重たいものを引きずる音が近づいてくるので、それがやってきていることはわかる。もしかしたら私と似たようなものなのかもしれない。とはいえ、そうだとしたらなおさら、私めがけてやってくるものには会いたくない。私は夜になるとのろのろ廊下を歩きだす。追ってくるものから遠くへ、遠くへ。

歩けば歩くほど廊下の果ては遠ざかり、いつまでたっても昇降口は見えてこない。けれど、仮に昇降口に辿《たど》りついても、その先の行きたい場所を思い浮かべることができないのだから、私がこの校舎から出られないのは、当然のことなのかもしれない。

歩いているとたまに、他にも私と似たようなものと出会う。

理科棟の女子トイレの前を通りかかったとき、ぽたぽたと蛇口から水漏れをしているような音が聞こえて、ああ今日もいるな、と思った。トイレへ入る。月明かりがにじんだ窓のおかげで、暗いながらもほのかに中が見通せる。

三つ並んだ個室の、一番奥の扉が閉まっていた。手洗い台の蛇口はきちんと締まり、白い鉢も綺麗《きれい》に乾いている。水音は、閉じた扉のむこう側から聞こえた。しばらく眺めていると、扉と床の隙間《すきま》から重たげな液体が幾筋もあふれ始めた。液体は、月明かりを受けてねっとりと艶《つや》めく。なまぐさい臭《にお》いがぷんと広がる。

はじめて血があふれ出すのを見た時、すぐに分かった。このトイレの話は、聞いたことがある。私がこの学校に入学する十年ほど前、トイレの個室にこもり安全剃刀《かみそり》で手首を切った中三の女子がいたという。異臭に気づいた職員が扉をこじ開けると、トイレの扉の内側には、血文字でびっしりと彼女をいじめた生徒への呪《のろ》い文句が書かれていたらしい。「日が暮れてからこのトイレに入った生徒は血まみれの女に手首を切られる」という怪談は有名だった。少なくとも、私の同学年の女子生徒は誰もこのトイレを利用しなかった。

てっきり教室でだらつく生徒たちを早く下校させるために、教師たちが流したデマだと思っていた。けれど、いた。本当にこの女子生徒はいたのだ。

黒い流れを見守っていると、ごくかすかな、吐息のようなものが聞こえた。

――う。

肉の体がない者同士だからかもしれない。扉のむこうの彼女の吐息がここまで伝わってきて、肌が湿るような気がした。そのまま眺めていると、ふとしたまばたきのあとに黒い流れは見えなくなった。目を上げれば、個室の扉はなにごともなかったかのように開いている。なんの異常もない。そばへよると、水っぽい空気の底に、金物くさい血の臭いが沈殿していた。

その臭いを嗅《か》ぎながら、私は自分が屋上から落ちた日のことを思い出した。落下の途中で意識が白んだ。首の骨でも折れたのか、ほとんど地面に叩《たた》きつけられるのと同時に死んだらしい私は、自分の血の臭いを覚えていない。あっけない死に方だった。けれどこの女の死に方はずいぶん悲惨だ。死んだあともずっとこうして、暗くさみしい場所にうずくまり、自分の手からあふれる血の臭いをかぎ続けてきたのだろうか。あまりの暗さに胸が悪くなった。同じ立場でもこうはなりたくない。

私は、こんな風にはならない。だって、私は——。

思考がそこで止まる。私は、の先が思い出せない。私は、なんだったんだろうか。思い悩むうちに黒いものがどろりと胸にこみあげて、私はトイレから出た。しばらく歩いて、また適当な廊下のはしへ腰を下ろす。

長く単調な時間が過ぎて、だんだん思い出せなくなってきている。家への道順。飼っていた犬の手触り。家族の顔。好きだった人の笑い方。自分の名前さえも、考えれば考えるほど頭の中で頼りなくほどけてしまう。そして私の記憶の中央には、寒さを感じるほど大きな穴が空いていた。なにかがそこにいた。けれど、廊下をさまよいながらいくら考えても思い出すことが出来ない。残っているのは、私は私を嫌いだったという苦い印象ばかりだ。

床の一点を眺め続けているうちに朝が来る。運動部がランニングを始めるかけ声が聞こえる。何千の朝を見送り、何千の夜をさまよって、春が過ぎて、冬が過ぎて、同学年が卒業して、その下も、その下も卒業して。それでも私は、まだうす暗い廊下のすみにこびりついていた。

私を見る生徒は珍しかった。

それでも時に、見かける。一学年に一人か二人。私を見て、目が合うとそらす。よく見ると、私を見る子の瞳《ひとみ》の底には、ぼんやりとした藍色《あいいろ》がにじんでいることが多い。年若であるほうが見やすいのか、教師と目が合うことはまずなかった。

だから、その人と目が合ったときには、とても驚いた。

他の学校から赴任してきた、中年の女教師だ。英語を担当しているらしく、教材のCDを再生するためのラジカセを持っている。目尻《めじり》に柔らかくしわの寄った、優しそうな人だった。その人は私を見て足を止めた。大人と目が合ったのは初めてだった。しばらく見返していると始業のチャイムが鳴り、彼女は慌《あわ》てて授業の教室へ向かった。

その日の夕方、運動部の生徒が練習を終えて帰宅する時刻になっても、英語科教員室の明かりは消えなかった。私は廊下に置かれた長机の下にもぐりこみ、膝《ひざ》を抱いて小さくなった。

校内に生徒がいなくなる。廊下や購買など、共用部分の電気が消される。すると、昼間の女教師が教員室から出てきた。なにも持たずに廊下を歩き回り、うす暗い物陰を覗《のぞ》いて回っている。私はストッキングに包まれた女のふくらはぎが目の前をよぎっていくのを、息を詰めてやりすごした。

次の日も、その次の日も、彼女は生徒が帰ったあとの廊下をうろついていた。私は何度もその背を見送り、やがて足音に引かれるように机の下から這《は》い出した。

英語科教員室のそばに立っていると、戻ってきた女教師は目を丸くした。

「ああ、いた」

おいでおいでと手で招き、彼女は教員室の扉を開けた。

「あなたで三人目よ。この学校、多いのね」

女教師は、荻倉《おぎくら》と名乗った。

荻倉の机の上には、大福と湯飲みが用意されていた。荻倉はポットを傾けて、湯飲みにそば茶を入れてくれる。私は湯飲みの口に手をかざした。湯気のぬくみが感じられず、とても久しぶりにさみしくなった。

私はものを食べることも飲むことも出来ない。けど、お供えという風習があることは知っている。ためしに大福に指を当ててみると、体のなかにじわりと甘みが広がった。この大福を食べたというよりも、かつて食べた大福の味を思い出すような感覚だった。

何を言えばいいのか分からず黙っていると、荻倉は自分のお茶をすすり、やがて私の肩を撫《な》でた。

「何か言いたいことがある？」

私は一度首を振り、すこし考えてから、思い直して頷《うなず》いた。

消えられないの。あまりに長い間喋《しゃべ》ろうとしなかったせいか、唇が強張《こわば》ってうまく動かなかった。それでも通じたらしく、荻倉はうなずいた。

「なにもしてあげられないけど、お茶が欲しくなったら、いつでもいらっしゃい」

冬の間、私は何度か英語科教員室を訪ねた。たいてい荻倉は机にむかって仕事をしていた。わざとデスクワークを夜に残してくれていたのかもしれない。私は教員室のすみに座って、お茶の湯気に指を当て続けた。

荻倉の背中を見ていると、なにかを思い出しそうになった。生きているものは動く。さざめく。首筋の辺りから、かすかな音楽を放っている。また、荻倉はよく自分の話をしてくれた。今まで県内の色々な学校に赴任したこと。年をとった母親と住んでいること。他愛《たわい》もない身の上話を分けてくれることで、私の舌をなめらかにしようとしてくれているようにも感じた。なにか言わなければいけない。そう思って、私もぽつぽつと言葉を発した。

「クラスメイトに突き落とされたの」

「私は二コ上の先輩とつき合っていて、その人と別れろって言われた」

「断ったら、女子三人で囲んで、私を屋上から押した」

「恋人は、私のお葬式で、ずっと愛してるのは私だけだって泣いてくれた」

しゃべりながら、私は泣いた。私は泣くのが好きだった。ほろほろと涙が頬を伝う感触は、甘いお菓子を口へ含んだような心地よさを連れてきてくれる。荻倉は神妙な面持ちで私を見返し、そう、と静かに頷いた。

曇った窓に初雪がちらつく頃、英語科教員室には電気ストーブが置かれるようになった。茜色《あかねいろ》に輝くニクロム線に手をかざしても、相変わらず私の指はなにも感じない。

「……私以外の、あと二人のことも知ってるの」

学級日誌を開いていた荻倉の背中へ聞いた。彼女は赤ペンを止め、肩越しに私を振り返った。

「あなたたち同士でも、会ったりするものなのかしら」

「一人は、女子トイレで見たから。血が出てきた」

「そうね、あの子はもうだいぶ長そうね」

「あと一人は、まだ見たこと無い」

「校庭の体育倉庫よ。男の子。でも、あの子はもうすぐ消えられそう」

予想外の答えに私は首を傾《かし》げた。

「もう一人、いる。いつも、夜になると私を追ってくる。今日も、ぐるっと歩いて引き離してきた」

「あら、その子にはまだ会ったことがないわ。じゃあ四人いるのね。やっぱりこの学校、多いわ」

「他の学校にはあまりいないの？」

「全然いないところがほとんどね。でも、色んなところがあるし、物事が重なることもあるから。ここ以外にも、何人かいた学校はあったわ」

円の描き始めと終わりが繋《つな》がるように、すっと会話が途絶えた。手元の湯飲みはもう湯気を立てていない。そろそろ荻倉は帰らなければならない。

「……私も、もうすぐ消えられそう？」

問いかけると、荻倉はじっと私を見つめた。

「消えたいのね」

「みじめになりたくない」

「みじめ？」

「女子トイレの人みたいに」

「みじめに、思えるの？」

私は頷いた。このまま夜の廊下をさまよい続け、名前も忘れて長い時間を過ごしたら、いつか私も、怪談で語られるようなドロドロした化け物になってしまう気がした。

荻倉はしばらく間を置いて、暗闇《くらやみ》で足場を確かめるように注意深く語り出した。

「消えることは、出来るわ。どんなむごい生涯を送った人も、あの女子トイレの子も、どんな状態であれ、いつかかならず消える日は来る。風化するって言えばいいのかしら。ただ、あなたの場合は、……すこし時間がかかりそうね」

「どうして？」

荻倉は一度口をつぐみ、悲しげな目で私を見た。

「ほんとうに聞きたい？」

「聞きたい」

「あなたには顔がないの。目も鼻も口も、どこに置いてきたの？」

校庭に面した暗い窓へ顔を映した。私の顔には、なにもなかった。目も鼻も口もない、ぬるりと生白いかたまりが闇に浮かんでいるだけだった。ない、と知った途端、目の前が真っ暗になった。口も塞《ふさ》がって、何も言えなくなった。私は平坦《へいたん》な顔を掻《か》きむしった。

瞼《まぶた》のむこうの暗闇から、荻倉の声が聞こえてきた。

「探してらっしゃい。消えてしまう前に、きっと見つけられる。辛《つら》いかもしれないけど、そのほうがいい」

怒りに体が熱くなり、一回りふくれあがった気がした。けど、自分ではどうなっているのかわからない。めくらめっぽうに腕を振り回すと、スタンドかなにか重いものをなぎ倒したようだった。部屋中を引っかき回して、壁を伝って廊下へ出た。

悲しかった。荻倉は私をいたわってくれると信じていた。目がないので泣くことも出来ない。外に出せないうなり声が体の中をこだまする。壁に手をついて、教員室からなるべく遠くへと早足で歩いた。

朝になっても世界は暗いままだった。私は手探りで辿りついた机の下へもぐり込んだ。視界を失ったせいか、生徒たちの足音や声がいつもよりもよく聞こえた。

「地震あった？」

「教員室、棚壊れてめちゃくちゃだって」

「荻倉センセイ包帯してた」

「幽霊」

「うはは」

軽快な足音が波のように過ぎていく。私は膝を抱えた。めちゃくちゃ。そう言われるほど私は部屋を壊したのだろうか。実感がない。

近くの教室で行われている数学の授業が聞こえる。もしもこの上、耳まで「ない」なんて思ったら、本当になくなってしまうかもしれない。だから、一生懸命に耳を澄ませた。二次方程式の解の公式。xイコール2a分のマイナスbプラスマイナスルートb二乗マイナス4ac……。中高一貫の進学校なので、授業中の私語はあまり聞こえない。

代わりに、女子は折りたたんだメモを回して会話する。思い出した。メモは、いろいろな形に折ってあった。長方形。やっこさん。つる。ハート。いつだったか、無造作に回されてきた長方形のメモを開くと、「ひとごろし」と汚く殴り書きされた五文字が目に飛び込んできた。消しゴムを拾って顔を上げると、次のメモがノートに放られていた。見たくなかった。けれど、見なければ後で痛い目に合うことは分かっている。おそるおそる、折り目を開いた。おどけたポーズをとるディズニーキャラクターで縁取られたメモ用紙の真ん中には、先ほどとは違う筆跡で「責任とって死ね」。クラスメイトの背中を見回しても、メモの出所は分からなかった。

体の内側に金物くさい嫌な味が広がる。

中学三年生の終わり、私と口をきく生徒はクラスに一人もいなかった。

廊下に足音が無くなり、校内にがらんどうの静寂が広がり、夜になったのが分かる。私は机の下から這い出した。

ふと、足に違和感を感じた。ひっぱられている。すぐに振りほどけそうなかすかな力だ。手を伸ばすと、生温かく濡《ぬ》れた細い糸が足首に絡《から》まっていた。外そうとしても、指がすべってうまくいかない。指の腹でていねいに糸をたどると、何箇所か固結びになってしまっているのが分かった。

なぜ今まで気がつかなかったのだろう。気持ちが悪い。そのうちほどけるだろうか。廊下の果てから、相変わらずなにか重いものを引きずるような音が迫ってきている。私は立ち上がり、足を引っぱられる向きとは反対の方向へ歩き出した。

こんなあてのない夜を繰り返し、わけのわからないものに追われ続けることが私の死なのだろうか。これが永遠に続くのだろうか。冬の壁のようだったクラスメイトは、みんな卒業してしまった。後輩も、さらに下の代も。二つ年下の妹だって、もう成人する頃だろう。早く消えてしまいたい。消えて、生まれ変わればやり直せる。きっとうまくいく。妹のように、うまくやれる。

なにも見えないから壁に手を当てたまま進む。しばらく歩くと、空気が水っぽくなるのを感じた。まるで粘りの強い泥だまりへ踏み込んだかのように、足のうらが床へ吸われる。水音がした。また理科棟の女子トイレへやってきたのだろう。

視線を感じた。頰の辺りに冷たい針が刺さる。かつて私が眺める側だった頃にはなにも感じなかったのに、不思議なことに目を失った途端、痛いほど不躾《ぶしつけ》な目がこちらへ向けられているのを感じた。鼻が無くてよかった。きっと周囲は血の臭いでいっぱいだ。冷たく湿った風が耳へ触れる。お茶の湯気もストーブの熱も感じられないのに、似たようなものの吐息の冷たさは感じられるのだった。

真隣にいる。見えない。けれど、いる。

（あなた、いつも私を笑ってた。）

死んだ女子生徒の声は鼓膜をふるわせるものではなく、頭の中に直接流れ込んできた。肉体の殻に守られていない私たちは、どうやら同じ皿に割られた生卵のように、そばへ寄れば、ぴたりと意識がくっついて通じてしまうものらしい。彼女の声はねっとりと重く、濃い。近づけば近づくほど、頭の中が重たい灰色に濁っていく。眩暈《めまい》を感じながら、どうやらもうしゃべれないらしいこの女子生徒も、私と同じように口を無くしてしまったのかなと思った。

彼女は淡々と続けた。

（私はいつも×××から見ていた。）

（あなたは目を塞いでいて気づかなかったけど、いつもいつも私は私を笑うあなたを見ていた。）

（あなたが去ったあと、あなたを追って現れるぐしゃぐしゃした×××を見ていた。）

要所がうまく聞き取れない。いくつかの単語が重なって発声されているようで、音の輪郭がぶれている。

（探してるんでしょう、それとも、置いてきたの？）

わけがわからない。ただ、血文字で他人を呪う女がそばにいるのは気持ちが悪く、私はなるべく突き放すように言い返した。口が塞がっているので「思い返した」と言ったほうが正しいのかもしれない。思うだけで伝わってしまうものは、口から出す言葉よりもよっぽど直線的で、暴力的なものになった。

(私の同級生は、誰もあんたのいるトイレを使わなかった。あんたみたいに暗くてみじめな化け物は、永遠にそこで腐っていればいい。私には関係ないし、誰もあんたと関係したいなんて思わない。)

彼女は笑ったようだった。けれどなぜか、押し寄せる濃密な気配が一瞬ふるえた。

(呪ってあげる。)

手首に氷が押し当てられた気がした。一拍おいて、そこが切り裂かれたのだと分かった。剃刀だろう。血で錆《さ》びているのかもしれない。けれど、生きている相手ならともかく、彼女が私を切ることになんの意味があるというのか。もう私に生きている肉体はないのだ。痛みもなにもない。

そのまま無言でいると、気配はすっと遠ざかっていった。私は手探りでトイレを離れた。切られた手首は敵意を吸って少し重たく、少し冷たい。けど、やっぱりそれだけだった。

歩いて、しゃがんで、また歩いてを繰り返しているうちに春になった。今年は校庭の桜ではなく、新入生たちの緊張のにじむ足音で季節のうつろいを知った。

日が暮れると、荻倉らしき足音が何度か私を追っているのを感じた。けれど私はそれに気づくたび、すぐに物陰へ隠れた。怪我《けが》をさせたらしいことは覚えている。報復が怖かった。生徒たちが怖がる女子トイレの女についてはなんとも思わないのに、私は荻倉のことが怖かった。

心もとない闇の中を歩き続けるうちに、身体《からだ》の感覚を忘れてきている気がする。かつては少なくとも手や爪《つめ》のかたちを眺め、腕をさすり、生きている頃の輪郭を確かめることが出来たのに、最近では自分の体を触っても予想外にふくらんでいたり、しぼんでいたり、ざらついていたり、尖《とが》っていたりと、人からどんどん遠ざかってしまうようで悲しい。悲しいと、また体がしぼむ。湿る。

何度か大きな風が吹き、桜の話題が生徒の口から散り去ったある日、食堂へ向かう一年生達の中に、気になる声を見つけた。

ある女子の声だ。うす甘い。さほど通るわけではなく、どちらかと言えばかぼそい部類に入るだろう。それなのに、聞こえるとついそちらへ耳を向けてしまう。あの声に名前を呼ばれたことがある。その女子生徒の声は、そんなありえない錯覚を私に引き起こさせた。

声と足音以外は、なにもわからない。けれど、私はその女子生徒へ近づいていった。

手を伸ばし、そっと肩をつかむ。女子生徒は気づかず、友人と雑談を続けている。彼女の体はかすかな湿気を放っていて、とても触り心地がよかった。惹《ひ》きつけられるまま、背中へ覆《おお》い被《かぶ》さる。はじめてだった。けど、おそらくこれがとり憑《つ》く、ということではないだろうか。女子生徒の柔らかい首へ腕を回すと、まるで彼女の一部になったような一体感があった。しっとりと、制服の背中に吸いついていける。

私が被さった瞬間、女子生徒は一度後ろを振り返った。どうしたの、と友人が問う。なんでもない、と彼女は首を振った。

私は学校から出ることが出来ない。だから、負ぶさっていられるのは彼女が学内にいる時間に限られた。しがみついていると彼女の目を借りられるのか、うすぼんやりと周りの風景が見える。まだぎこちないクラスの雰囲気が、新しいノートの手触りが、グループの輪に溶けいる瞬間のそれぞれの緊張が、感じられる。

気だるい授業の最中、女子生徒のなかに溜《た》まるとろりとした憂鬱《ゆううつ》が私のほうへにじみだしてきた。どうやら、私が心地よく感じる湿気の源は、この憂鬱らしい。もっとも、改めてクラスを見回してみると、机へ向かうほとんどの生徒が背中からほの暗い湿気を立ち上らせていた。不思議だった。私のいたクラスでも、本当はそうだったのだろうか。誰も彼も明るく傲慢《ごうまん》で、とても上手に人を馬鹿《ばか》にしているように見えたのに。女子生徒から剝《は》がれてしまう放課後、暗闇をさまよいながら、何度も何度も考えた。

何かを引きずる音は、相変わらず私を追ってきていた。まいてしまおうと廊下を曲がり、理科棟の女子トイレの前を通る。頬の辺りに、そっと視線が絡む。女子トイレの彼女は、まだ私を見ているようだった。剃刀で、切りつけ足りないのだろうか。それとも、まだ言いたいことでもあるのか。もの言いたげな湿った目線がわずらわしくて、私は暗い廊下を急いだ。

ふと、いつかも同じように、うす暗いものを嫌っていたことがあった気がした。よく思い出せない。けれど、こんな風に、嫌っていた。馬鹿にしていた。踏みつけずには、いられなかった。考えながら、歩く、歩く。自分に目がないことを知ってから、なにかが少しずつよじれてきている気がする。ふつふつと水底から泡が湧《わ》くように、とりとめのない考えが浮かぶ。生徒たちの声が、やけによく聞こえる。

妙な場所に、迷い込む。

「さっさと出せよ」

廊下の先から、女の声が聞こえた。ぞっ、と全身の毛が逆立つほど嫌な声だった。行きたくない。けれど、後ろからいつもの音が私を追ってきている。行きたくない、けど、引き返せない。迷ううちに、電車の音がさきほどの声に被さった。ごとん、ごとん、と高架橋の揺れる微細な振動が足のうらを通じて伝わってくる。肌を包む乾いた熱気は、夏のものだ。見えないけれど、知っている。この先に続く場所を私は知っている。

行きたくない。

どうしても行きたくない。

肌がちりちりと痛む。自分に言い聞かせた。もう、終わったんだ。もう、大丈夫なんだ。そろそろと足を進ませる。近くでなにかを殴る音がした。花を散らしたような笑い声が周囲にわきたつ。いつのまにか、足元はいつもの平坦な廊下ではなく、小石が足のうらを押し上げる土の地面になっていた。ざらざらした高架橋のコンクリート壁に指を当てて、恐ろしい場所を通り抜けた。

真夜中の廊下に戻ったとき、私はそこから動き出せないほど消耗していた。体が輪郭を失い、どろどろと溶け出していくような気がする。たまらずうずくまると、体液で出来た生温かい水たまりが膝を濡らした。ふと、トイレで会った女子生徒を思い出した。粘っこい血を扉の下からあふれさせていた彼女は、もしかしたら、今の私みたいな状態だったのではないだろうか。こんな悪夢の中で、彼女はなんで私に声をかけたのだろう。

朝が来る。肩こりを気にする素振りで、例の女子生徒が登校してくる。私は逃げるように彼女の背中へ負ぶさった。

一週間ほど、とり憑いていた。この女子生徒の背骨のかたちに慣れた。ある日、日本史の授業中に、女子生徒はうたた寝をはじめた。

夢を見ている。とり憑いているおかげか、私もその夢を見ることが出来た。女子生徒は、誰かと言い争いをしている。女だ。かさついた薄い唇の右下にほくろがある。おんなのこなのにあぶなっかしい、と女は女子生徒の短いスカート丈を叱《しか》る。女子ばかりのカラオケをとめる。女子生徒は、心配のにじんだ女の声がうっとうしくて仕方がない。もう私だって良いことと悪いことぐらい判断できる、とあらがう。女は、母親だろう。少女の夢の中でその女の声を聞いた瞬間、私の体はぶるりとふるえた。

姉ちゃん、と呼ばれていた。その声に。妹だ。この女を、知っている。女子生徒は、私の妹の娘だった。

時間が流れている。寒気がするほど早く。私がこんなあいまいなものになって夜の校舎をさまよっているうちに、妹は大人になり、結婚して、子供を産んでいたのだ。

妹。幼かった妹。色白で、眉《まゆ》の辺りに明るさのある顔をしていた。

妹の顔を思い出した途端、どろりと煮え立つ黒い汚水が、体の底からせり上がってきた。視界が狭まり、頭の中で大きな鐘が打ち鳴らされる。うまくものが考えられない。いつかもこんな気分の時があった。あふれでそうなものを、なにかをつかんでひたすら押さえ込んでいた。つめたい、かたい、そうだ、はさみだ。

料理ばさみを握って寝たことがあった。思い出した。私は、妹を殺そうと、料理ばさみを握って、布団《ふとん》の下に隠して、もし妹がもう一度あの言葉を言ったらほんとうに殺してしまおうと、いちばん簡単にはさみで人を殺す方法をネットで調べて、厚い刃がぶつぶつと皮膚を裁ち切っていく感触を想像して、そんな、真っ黒で救いのない夜があって。私は妹が好きだった。おなじくらい憎らしかった。けど、殺してしまうのはかわいそうだから止《や》めたのに、代わりに私のなかに生まれたものを殺してやったのに、そんな、私をどこまでも置いて、こんな、あのこは傷ひとつなく、なにもかもを手に入れて。

気がつけば、女子生徒は授業を終えて席を立っていた。私を背中へ乗せたまま、教科書を手に廊下を歩き出す。移動教室だ。友人と談笑したまま、階段に足をかける。

夢の中で、妹はすっかり大人びた顔をして、大切な娘を心配していた。

私は手を伸ばして、とり憑いた女子生徒の肩を押した。

思春期の少女の体は驚くほど軽く、上等の羽布団のように柔らかかった。受け身もとれずに、彼女は階段の一番上から落ちた。小さな頭が段差で弾み、がくがくと揺れる。四方から悲鳴が上がった。落ちた少女は体を丸めたまま起き上がらない。

私は、押した瞬間に少女の体から自分が剝がれるのを感じていた。目を失い、また周囲が見えなくなる。けど、どうやら私はまだ階段の最上部に立っているらしい。足が。気がつけば、足が、重くて。動かなくて。階段の下では、慌ただしい足音が続いている。きゅうきゅうしゃを、おやごさんにれんらくを、と怒号が飛ぶ。そんなことよりも私は、私の足が、足が、昼間なのに、背後からなにかを引きずる音が近づいてきていて、吐息を感じるような間近い距離に、それはもう。

振り返った。

なにも見えないはずなのに見えた。それはきっと、ずっと昔から私のなかにいるものだった。天井まで届きそうな大きな肉のかたまりに、大小無数の目と鼻と口が浮かび上がっている。私の体はとっくに火葬されたのに、この肉にうごめくものたちはひとつひとつがまだ生きていて、さざめき、ふるえ、懸命にそれぞれの役割を果たそうとしていた。無数の目がまばたきを繰り返し、物欲しげに周囲の動きを追う。鼻がひくつき、口は脈絡のない嘘《うそ》を繰り返している。そうして、自分たちの主であるぶくぶくと不安に膨れた肉のかたまりをあやそうとしていた。私はこの化け物の名前を知っている。知っていても、知らないフリをしていた。

化け物は、肉の一部から伸ばした血管のような糸を手繰って私の方へ這ってきていた。奥に歯を覗かせた、柔らかい唇が次々と動く。

「それ、知ってる」

「昔持ってたけど、いらないからもう捨てちゃった」

「バイトして買ったんだ。店長が私に頼りきりで、もっと入ってくれって言われちゃった」

「親が病気で、手伝いしなきゃいけないから」

「私が作ったの、すごいでしょ」

「あの子、裏切られたってぶち切れてたよ」

「△△先輩と腕組んで帰ってるの見たよ。付き合ってるんじゃない？」

「その人は社会人で、この前バイク乗せてもらったんだ」

「クラスメイトに突き落とされたの。恋人は、私のお葬式で、泣いてくれた」

虫の死骸《しがい》みたいにかさかさした嘘を繰り返しながら、化け物は私へのしかかってくる。ところどころが紫色にうっ血した、むくんだ悲しい肉だった。重い。つぶれる、と思った瞬間、化け物はずるりと私の中へもぐりこんできた。見上げるほどの大きさだったのに、みるみるうちに私の中へ収まっていく。ああそうだ、私は、嘘ばかりついて生きていた。

体の表面がむずがゆくなり、すぐに痛みをともなって爛《ただ》れはじめた。ものが見えるようになる。空気の匂《にお》いも感じられる。口も、動く。気がつけば、私の体の表面は無数の目鼻口でびっしりと覆われていた。さざめき、うごめき、嘘をつく。あっけにとられて全身を見回しているうちに、もっと恐ろしいことに気づいた。

足が、足首からつま先までの部分が、階段に飲み込まれている。引き抜こうとしても動けない。そういえば、女子生徒を突き落とした瞬間からこうなった。まるで怪談本に出てくる地縛霊だ。こんな醜い姿で、こんな逃げ場のないところから、動けない。救急隊が担架を運んできた。倒れた女子生徒を囲む人の輪から、荻倉が私を見上げていた。

はじめてついた嘘は、「それ、私も知ってる。おもしろいよね」だった。

大手百貨店に勤めていた父親は転勤が多く、私の家族は二年とおかずに色々な町を転々としていた。私も、二歳年下の妹も、数えるのが億劫《おっくう》なほど転校を繰り返した。

新しいクラスに入っていく瞬間は、熱々の新湯に足を差し込む瞬間に似ている。限界まで速まる心臓を守るため、会話の糸口を見つけるため、同じタイミングで笑える回数を少しでも多くするため、小学生の頃から、会話の中に小さな嘘をすべり込ませるのは、私にとって自然な癖になっていた。

どこのクラスでも、転校生にまず声をかけてくるのは、クラスで比較的弱い立場の生徒たちだ。気が弱かったり、声が小さかったり、自分に自信がなかったり。私はそういう子たちのべたべたしたほの暗さがきらいだった。水を向けられなければ意見が言えず、馬鹿にされても、困った顔で笑う。なにも言わないくせに、もの言いたげな粘っこい目線を向けてくる。ぜったいに、そんな人たちに混ざるのはごめんだと思っていた。だからいつでも私は、多少背伸びをしてでも、そのクラスでいちばん気の強い子が集まるグループに入ろうとした。

妹は、違った。あの子はどの学校でも地味な女子のグループに溶け込み、たぶん入るときも出るときもクラスで誰にも注目されないような日々を送っていた。素直で大人しく、突かれるとすぐに引く妹。私は妹の気の弱さをどこかで馬鹿にしていた。そしてそれと同じ分だけ、かわいがった。クラスメイトとして出会ったなら、きっと仲良くならなかっただろう。けど、妹が自分よりもひかえめな性格であることは、姉にとって安心なことでもある。だって、自分の地位をおびやかすかもしれない相手を、誰が「かわいい」だの「守りたい」だの思えるというのだろう。

私が中三、妹が中一の時、父親が本社の販売部に配属され、当面の転勤がなくなった。両親はローンでマイホームを購入し、私たちは中高一貫の有名私立学校の中途入学試験を受けた。

入学試験に、妹は受かり、私は落ちた。成績は私の方がずっと良かったのに、狐《きつね》につままれた気分だった。一人だけ合格通知を受け取った妹は気まずい顔をし、母は「しっかりしなさいよ、お姉ちゃんでしょ」とため息混じりに私の背をたたいた。どうやら母は、要領の良いはずの私が失敗したのは、なにかしらの不注意や不真面目《ふまじめ》のせいだと思ったらしい。一つランクを落とした学校の入学試験の当日は、やたら何度も、名前を書き忘れないことと、きれいな字で書くことを注意された。解答用紙にむからあいだは、胸の内側を火で炙《あぶ》られているような気分だった。家に帰ってはじめて、シャツの背中が冷や汗でびっしょり濡れていたことに気づいた。

数週間後、私は妹とは違う学校のブレザーに袖《そで》を通した。母は、記念だから、と入学式のなかった私たちを家の前に並ばせて写真に撮った。

私のなかに小さな、冷たい、青暗い肉のかたまりがふくれはじめたのは、その頃からだ。

もうしばらく転校はない。無理せず少しずつ友人を増やしていけばいい。そう思っても、私の嘘の癖は抜けなかった。転校生にありがちなからかいを受けるだけで、どうしてもムキになってしまう。言い返す言葉のなかに、小さな嘘が小石のように混ざる。それ持ってる、そんなの知ってる、やったことある、ばかにしないで。

「○○さんてさ、負けず嫌いだよね」

耳を濡らした生々しい声に、私は足を階段に飲み込まれたまま、振り返った。グラウンドで野球部が練習をしているらしく、踊り場の小さな窓を夜間照明の青白い光が染めている。いくら見回しても、誰もいない。当たり前だ。けれど、あの声には覚えがあった。たしか、クラスメイトの女子だ。小馬鹿にする目で私を見ながら、眉をひそめて笑っていた。

青い。日が暮れて、夕焼けが溶け消えて、どんどん視界が青くなっていく。体中の目がまたたく。私はふるりと体をふるわせた。夜が来る。永遠のように繰り返す真っ暗な夜が来る。

踊り場のすみを見つめているうちに、柔らかいボールを体育館の床へバウンドさせせる音が、耳の内側へよみがえった。

ずっとバレーボールを続けていたので、この学校でも、私は女子バレー部に入った。私は、部内の同級生の中では三番目くらいに上手《うま》かった。けれど、私が試合のレギュラーに選ばれることは一度たりともなかった。中一から中三までの三年間、同じ部活ですでに苦楽を共にしてきた同級生たちにとって、先輩たちにしごかれ、裏方を支え続けた今までの自分たちが報われるよう、仲間内で出場権を回し合うのは当然のことだった。私はいつも、二年生の練習メニューを割り振られた。同級生がコートの真ん中でフォーメーションの確認をしているのを横目に、後輩相手にコート脇《わき》でトスを上げ続けた。

私はそれを、不公平なことだとは思わなかった。たぶんそれは、当たり前のことなのだ。私が故郷と呼べる場所を持たないこと。いつも後から仲間に入れて「もらわなければ」ならなかったこと。誰か自分より立場の弱い人をクラスに見つけなければ、安心できないこと。それは、私以外の誰にも関係のない話なのだ。誰にも文句は言えない。強いて言うなら、それでもレギュラーに選んでもらえるくらい、その人たちに好かれることの出来ない私が悪い。悪い、と呟《つぶや》くたびに、体の中で冷たいものがぷくりとふくれあがるような気がした。悪い。勝てないのも、馬鹿にされるのも、私が悪い。嘘をつかないと誰とも話を続けられないのも、私が。

部活の同級生で、男子バレー部の先輩に熱烈な恋をしている子がいた。半年以上、告白する、しない、の線上をふらついている彼女の恋をつつき回し、早く告白しちゃいなよ、とはやすことは、部活帰りのお決まりの話題になっていた。

ある日、コートの片づけが長引いて最後まで作業していた私と彼女が、二人で帰ることになった。先に着がえ終わった私は、化粧をする彼女を残して部室を出た。体育倉庫にネットを戻しに行く。そこで、彼女が陶酔している先輩を見かけた。

お疲れさまです、と頭を下げる。先輩もボールやネットを片づけにきたようだった。気をつけて帰れよ、と言葉を残して先輩は私とすれ違った。ここに来たのが私ではなく彼女の方だったら、きっと尋常じゃないぐらい舞い上がっていただろうと思いながら、埃臭い倉庫にネットをしまう。

倉庫から出ると、さきほどすれ違った先輩が自転車置き場の方で、美人で有名な女子バスケ部のキャプテンと話をしているところだった。そういえばバスケ部もさっき練習が終わってたな、と納得して私は部室へ戻った。

「おつかれ、ありがとう」

同級生のその子は、私を見上げてへらりと笑った。学年内では一番下手なのに、彼女は次の試合にセンターとして出場することになっていた。いつ先輩に会っても良いように、と部活上がりの汗ばんだ肌に必死でファンデーションをはたいているその子の狸《たぬき》みたいな顔を見ているうちに、私のなかのなにかが反応した。冷たくむくんだ肉のかたまりが、ぶるりとふるえる。

殴りつけてやりたい、と小さな声でそれは言った。

「さっき〇〇先輩にあったよ」

「うそ！　どこで？」

「自転車置き場」

私はずっと息を吸い込んで、言葉を足した。いつも通り、嘘はなめらかに口からあふれた。

「△△先輩と腕組んで歩いてた。付き合ってるのかもね」

帰り道、なにをしゃべりかけても彼女は上の空だった。

そしてその日の夜中、彼女はリストカットをした画像と、長い長い悲哀のメールを部活仲間の同級生へ送りつけた。一夜のうちに、私が彼女に言ったことは尾ひれ付きで部内に伝わった。例の男の先輩にも噂《うわさ》の真偽を問うさりげないメールが送られ、すぐに「委員会の相談をしただけで、帰るのは別々だった」と顚末《てんまつ》が明かされた。私は次の日から、「嘘つきの人殺し」と罵《のの し》られることになった。部活仲間に学校帰りに待ち伏せされ、高架下の物陰で腹を蹴《け》られた。慰謝料と称してお金をとられた。抵抗すると、また蹴られた。

はじめは、仕方ないと思った。それだけのことを私はしたのだ。今までで一番ひどい嘘をついた。けれど、一ヶ月経《た》っても二ヶ月経っても、リンチは終わらなかった。いつのまにか、私からお金をとるのは同級生たちにとって普通のことになっていた。たぶん、細かな嘘が止められない私ははじめから疎《うと》まれていて、みんな、なにかのきっかけが欲しかっただけなのだ。私は殴られるのが嫌で、貯めていたお年玉貯金を崩し始めた。父が、母が、親戚《しんせき》のおばちゃんたちが、私の将来のためにくれた大切なお金。みるみる通帳の残高は減っていった。

私が火だるまになっていることはすぐにクラス中へ伝わり、私と口をきいてくれる人は誰もいなくなった。登校したら、机の上に花瓶と線香立てが置かれていたこともある。クラスメイトの含み笑いを聞きながら、私は花瓶を窓辺へ戻した。

父と母には、どうしても言えなかった。ただでさえ妹のほうが良い学校に行って、「しっかり」してきているのに、これ以上失態を見せることは出来なかった。私はおそらく、家でも「妹よりずっとしっかりしたお姉ちゃん」という嘘をついていたのだろう。もうその嘘をつき続けるのが苦しくて、苦しくて、仕方がないのに、どうしてもやめられなかった。

私が制服の下に青あざを作って帰る日々を送る間に、妹には彼氏が出来ていた。妹は可愛《かわい》くなった。垢抜《あかぬ》けて、表情が華やぎ、幸せそうに学生生活の充実ぶりを夕飯の席で語った。それまでの彼女を打ち消すように、か細かった声が大きくなった。

夜中、水を飲もうと布団から起き上がったところ、リビングでまだ話し込んでいる母と妹の声を聞いた。

「もらったのよ、向かいの奥さんから。娘さんに買ったんだけど、肩幅が合わなかったんだって」

「欲しい！　ちょうだい」

「お姉ちゃんとじゃんけんしなさい」

ふと、妹の口調が鋭くなった。どこか気持ちよさそうな声だった。

「こんなかわいいのお姉ちゃんに似合うわけないじゃん。どうせデートで着てく相手もいないし。だからお願い、ちょうだい」

私は足音を忍ばせ、洗面所へ向かった。電気を点《つ》けて、青白い鏡を覗く。

びっくりするほど顔色の悪い、陰気な、みじめたらしい女がそこにいた。なんだこの化け物は。どうしてこんなことになったんだろう。思って、シャツの裾《すそ》をひっぱりあげる。葡萄色《ぶどういろ》に腫《は》れた気持ちの悪い腹が鏡に映っていた。ああこれじゃあ確かに、誰ともデートなんて出来ない。けど、あの子は誰なんだろう。あんなに親しい声で、可愛い声で、たやすく私をあざ笑ったあの子は誰なんだろう。

その夜、私はキッチンの引き出しから持ち出した料理ばさみを握りしめて布団に入った。どこまでもどこまでも真っ暗な夜。この夜が永遠に続くのだと思った。体の中で、化け物はどんどん大きくなっていく。憎んだり、嫌ったり、軽蔑《けいべつ》したり、なにかを思うごとに大きくなっていく。口から化け物があふれだしそうだった。

翌日、私は下校を止めて屋上へ上がり、そのままアスファルトの駐車場へ向かって後ろ向きに飛んだ。その次の日には、また高架下で五万円を払わなければいけないことになっていて、もう私の財布の中身は、からっぽだったので。もう、あと一撃たりとも、おなかを蹴られるのが嫌だったので。

フェンスを越えながら、呪文《じゅもん》のように繰り返した。どうか次は、嘘をつかなくても誰にも負けずにすみますように。このぶくぶくと太った気持ちの悪い化け物が、二度と私の中に生まれませんように。

壁に叩きつけられたスクランブルエッグみたいになった後ですら、私の脳はいつも通りに、私の嘘を私のなかのほんとうに変えてくれた。いつだって、私の肉体は私の味方だった。私を守ろうとしていた。次に目を覚ましたとき、私はなにもかもを忘れた、がらんどうの、自分が飛び降りた理由すら思い出さない幽霊になっていた。

そしていま、私は嫌で仕方なかった化け物そのものになって、階段の上でさらし者になっている。葡萄色の痣《あざ》に染まった肉のかたまり。無数の目と鼻と口がびっしりとうごめく化け物。どろどろと血をあふれさせるトイレの女と、なにが違うと言うのだろう。

深夜、職員会議を終えた教師たちが背中を丸めて下校していく。そして、誰よりも遅く職員室を出た荻倉は階段の下で足を止め、私を見上げた。

「もっと早くに見つけてあげられたら良かったね」

ごめんね、と荻倉は眉をひそめた。私はなにも言わなかった。荻倉の足音から逃げ回っていたのは、私の方だ。

「落ちた子は、無事だったわ。背骨を強く打ってしまったけど、命に別状はない」

この女は、なんのために私の前に立っているのだろう。

みないで、と呟くと荻倉はまた悲しい顔をした。そして、心もち顔をうつむけ、私の左手に目を止めた。なにかを見つけたようだった。私も自分の左手を見る。気づかなかった。いつのまにか、私は左手にはさみを持っていた。刃の厚い、料理ばさみだ。ああ、こんなものを持ってたら、ますます化け物だ。嫌われる。そう思った瞬間、首筋のあたりがじくりと疼《うず》いて、また新しい目が内側からせり上がるのを感じた。目は、逃げ場所を探す。けど、私の足は床に結ばれている。もうどこにも隠れられない。早く手放さなければと思うのに、私ははさみを落とすことが出来なかった。代わりにぎゅ、と手の中に握り込んでしまう。

荻倉は、はさみについてなにも言わなかった。

代わりに、はじめて顔を合わせたときと同じことを聞いた。

「何か、言いたいことがある?」

予想外の問いかけに、頭のなかが真っ白になった。

「消えたい」

気がつけば、はじめと同じことを言っていた。

「消えたいの。死んだらぜんぶ終わると思ったのに、なんで終わらないの。もうやめたい。もうやめたい。もうやめたいの。なんにも分からなくて良かった。あのまま消えたかった」

「終わらないわ」

荻倉は首を振った。

「あなたは、〇〇さんね」

どこで調べてきたのだろう。荻倉は私のかつての名前を言った。私はなにも言い返さなかった。名前は、まるでただの記号のような固い響きを持って私の耳に届いた。

荻倉は続ける。

「あなたは自分で自分を殺したときからもう、誰もあなたを助けることが出来ない場所へ行ってしまった。誰も終わらせてあげられない。あなたのお母さんも、お父さんも、きっとあなたを助けたかった。けどもう、あなたしかあなたを助けられない。そして、なにも分からないまま消えてしまったら、きっとあなたは、もうあなたとして生まれてこれなかった」

「それでいい。もう生まれてこなくていい」

荻倉は階段を上ってきた。私ははさみを振り上げた。階段の半ばで足を止め、荻倉ははさみをまったく見ずに私を見つめた。

「私は見ての通り美人じゃないし、人前で喋るのが苦手だったから、学生の頃からいやなこと、恥ずかしいことがたくさんあったわ。自分を守るため、みっともない嘘をついたこともある。笑われないよう、人を笑ったこともある。おかしいでしょう、たぶんあなたから見れば冴《さ》えない普通のおばさんなのに、もう生まれてたくさんの時間が経ったのに、まだ自分の人生が惜しいのよ。手のなかに隠した真珠みたいなの。それが傷つくことを想像すれば、苦しくて、くやしくて、狂いそうになる。私の中にも、あなたと同じものがいる。動いて、大きくなったり小さくなったりしてる。それは、大人になってもなくならないの」

「こないで」

「でもね、生き続けていたら、いつか、あなたが許せないあなたのなかの怪物を、許してくれる人に会えるから。あなたが誰かの怪物を、許してあげられる日がくるから。……だから、きっとまた生まれていらっしゃい」

最後の一歩を詰めた荻倉は、私の手に触れて、目に触れて、鼻に触れて、口に触れて、そのまま腕を落とした。はさみは、とらなかった。とろうと思えばとれただろうけど、彼女はそれをしなかった。

浮遊霊よりも地縛霊の方が、日が経つのが早い。死んでこんな間の抜けたことを考えることになるなんて、思ってもみなかった。川の中州に生えた灌木《かんぼく》のように、毎日毎日私の両側を行き来する生徒の流れを眺めているだけで時間が過ぎていく。生徒たちは全く私の姿が見えなくとも、ふっと足の向きを変えて私をよけていく。都会の交差点や繁華街で、人通りが多いにもかかわらずぽかりと空いた場所があるとしたら、そこにはなにか、歩き去れないものがうずくまっているのかもしれない。

足を床に飲み込まれているせいか、水を吸い上げる木の根のごとく、校舎に漂うさまざまな音や情景が体の中に入ってくる。音楽部の合唱。数学の小テストの静寂。理科実験室でビーカーが割れた。生物の教師が花壇の手入れをしている。図書室の奥で膝を抱えた女子生徒が、携帯電話を握りしめている。担当教師を待つ進路相談室で、男子生徒がうつむいている。廊下のすれ違いざま、わき腹に肘《ひじ》をつき入れられた生徒がうめく。中庭でバスケをしている歓声。

英語科教員室にプリントを届けに来た女子生徒が、荻倉と話をしている。女子生徒は、荻倉との他愛ない会話が進むうちに、肩をふるわせた。

「くさいって」

「くさい？」

「湿布の、……はじめは、湿布だと思ってたのに、湿布してなくても、くさいって。でも、一日してなかったら、また痛くなってきちゃったし、お母さんもちゃんと貼《は》れって言うし。毎日お風呂《ふろ》入ってるのに、不潔で、くさいから、近寄るなって。たぶん、入院中、ギプスはあんまり洗えないんだって、そんな話を、したから」

ぽたぽたと大粒の涙が床へ落ちる。私が、階段から突き落とした女子生徒だった。彼女は腰の治療を終えて教室に戻った一月後くらいから、いじめを受けていた。

荻倉は彼女の肩を撫《な》でる。まるで自分の子供へするように撫でる。しばらく泣いて、女子生徒は荻倉が差しだしたお茶を飲んだ。すこし落ちついた様子で、丸い吐息をもらす。

「お母さんの気持ちが、わかりました」

「湯木坂《ゆきざか》さんのお母さん？」

「はい。お母さん、昔いじめられたことがあったんだって。私が中学に入るときに、そっと教えてくれました。私がいじめにあっても、ぜったい一人で抱え込まないように。誰にでも起こりうることなんだから、恥ずかしがることじゃないんだって」

「すてきなお母さんね」

「お母さん、子供の頃は転校が多くて、なかなか友達が出来なかったんだそうです。中学で、いつも一緒にいたお姉さんと学校が別れてしまい、おどおどしてるうちにいじめられて。けどそのことを、家ではどうしても打ち明けられなかったって言ってました。代わりに、逃げ込むように好きでもない男の子と付き合って、色々なことをごまかして。こじれてこじれて、最後には、せっかく好きになってくれたその子の気持ちまで踏みにじってしまったって、悔いてました」

「色々なことがあるわ。でも、そんな苦い思いをした分、あなたのお母さんは心が細やかなのね。苦しくなったら、いつでもいらっしゃい。私が出来ることも、してあげられないこともあるけど、ひとまず一緒にお茶を飲みましょう」

私は左腕でまたたいていた目の一つが瞼を閉じて、少しずつ乾いて盛り上がってきているのを見つけた。数日後、それは木の実のように硬くなり、赤褐色に変色してごわついた。私は慎重にそれを手で包み、ひと息に肌からもいだ。

ぶつん、と根深い音がした。思考が真っ白に焼けつくほど痛い。それは、そうだ。自分の一部をもいでいるのだ。私はちぎりとった過去の目玉を眺めた。かつて私を守ろうとしていたもの。うまく生かしてやれなかった。化け物にしてしまった。化け物にならなければ生きていけないと思った、真っ黒な夜があった。もういい、といたわって床に置く。もう、いいのだ。しばらくすると、目玉はどこかに消えていた。

笑いながら私の腹を蹴った同級生のなかで、私の嘘でかんたんに手首を切ってしまった少女のなかで、自分が痛めつけられた分だけ私を痛めずにはいられなかった妹のなかで、また、女子トイレから出ることが死ぬより怖くなってしまったかつての少女のなかで。私と同じものが、うごめいていたのだろうか。荻倉の言うように、今でもうごめき続けているのだろうか。誰も彼もが乱暴だった。うまくものが見えず、声が出せず、自分か他人を痛めつけずにはいられなかった。私もあの子も、みんなみんな。

夏の終わり、うす甘い羊水のような温気が体の中まで染《し》みこんでくる真夜中に、なにか水っぽいものが這ってくる音を聞いた。暗い廊下の果てから、ひたひたと少しずつこちらへやってくる。私は相変わらず足首を床に飲まれたまま、身体のあちこちから赤黒い胡桃《くるみ》を垂らした滑稽《こっけい》な木のような姿で、その生き物がやってくるのを待った。

階段の下、非常灯が染めた廊下の端に、黒く細長いものが覗いた。手だ。一本一本の指が妙に節くれて、関節の方向もそろわずにうごめいているけど、あれは、確かに手だ。手は、不自由そうに指をねじ曲げながら床を掻いて、あとに繋がる身体を前に進ませた。次第に姿が明らかになる。

普通の人間よりも二回りほど小さい、山椒魚《さんしょううお》のような生き物だった。全身が粘液に包まれているかのようにぬるりと濡れて、非常灯の青い燐光《りんこう》を跳ね返している。

潮の匂いがする。ちがう、これは、薄まった血の臭いだ。この臭いは、知っている。

山椒魚は重たげに頭を持ち上げて私を見た。なにもないのっぺりした表面に、二つの目だけが浮いている。目は、人間の目をしていた。かなしく崩れた姿にあらがい、ちいさな火のように光っていた。

「トイレから、出られたんだ」

呼びかけると、頭の中に声が染みこんだ。かつてより、よっぽど輪郭のはっきりした、澄んだ少女の声だった。

（出てきた。）

「出られてよかったね」

（ちぎれた。あし。）

「いたい？」

（いたい、けど、もどればへいき。）

ずる、とまた彼女は重たげに床を這った。光の下に身体を晒《さら》す。確かに、人の姿を失ったにしても、腕の長さに比べて不自然に彼女の足は短かった。

「どこへ行くの」

（あなたを見に来た。）

「なんで」

彼女は考え込むように間をおいた。生臭い気配がゆらりとゆがむ。

（見たほうがいいと思ったから。）

私は体に残る無数の目で、彼女の目を見返した。私はかつて、彼女をあざ笑っていた。馬鹿にして、私とあんたは違うのだと、突き放した。その瞬間を思い出して、またじくりと体の内側が膿《う》んだ。おびえた目玉が新しく生まれ、背中の皮膚をもちあげる。

「私を笑う？」

光る目は、静かに私を見つめ続けた。

（わらわない。）

水を一滴落とすようにそう残して、彼女は不自由な身体を反転させた。いびつな腕を伸ばし、芋虫のようにのたくりながら帰っていく。彼女が去った後、廊下には黒い血汚れが轍《わだち》のように残っていた。けれど朝日が昇る頃には、かすかな潮の匂いの他、痕跡《こんせき》はすべて溶け消えた。

長い時間が経った。握っていたはさみは、いつの間にかなくなっていた。次々と生徒の代は替わり、荻倉も別の学校へ異動した。娘の卒業式にやって来た妹は、苦労が多かったのか、やせっぽちで少し陰気な、横顔に疲れのにじむ女になっていた。けれど、卒業証書を持った娘の背に手のひらを当てた瞬間、目尻にしわを刻んで花のように笑った。娘と並んで桜並木の向こうへ消えていく背中を見送った。
私は、体の表面ですこしずつ死んでいくものたちを一つずつ摘んでいった。目、鼻、目、口、口、目。胡桃にそっくりなそれらをちぎるたび、全身に震えが走るほど痛む。ある雨の日、痛みに苛立《いらだ》って通りすがりの生徒を叩いてしまった。生徒は階段を一段踏み外して足首をくじいた。すると、また新しい目鼻口が皮膚を押し上げて生まれてきてしまった。じっと、息をひそめて耐えなければならない。誰にも見てもらえなくても、痛みばかりが続いても、私だけは、そこから逃げてはいけない。もう逃げる場所はないのだ。はじめから、なかったのだ。
私は、
私は、
私には、最後にかなえたい望みがひとつだけあった。
窓に霜の花が咲いた冬休みの深夜、最後の目を摘み終えると、ふっと体が軽くなった。やわやわと輪郭が溶け出す。足が、踏み出せる。歩ける。けど、もうあまり時間はないだろう。私は理科棟の女子トイレへむかった。
一度階段で出会った後、女子トイレから漂ってくる血臭は日に日に薄くなっていった。うらみに崩れた身体を持ち直したのか、もう意識も交わらない。彼女も彼女の地獄を終えようとしているのだ。私は扉を抜け、一番奥の個室へ呼びかけた。

「ごめんなさい」

声は、自分でも驚くほど希薄だった。霧のようにほどけてしまう。それでも、懸命に張り上げた。

「あなたは、なんども、きっかけをくれようとしたのに」

それなのに私は、地獄の中から関わりを持とうとしてくれた彼女を拒み続けた。彼女の苦しみを深めてしまった。

「ひどいことを言ってごめんなさい。許してくれないかもしれないけど、ごめんなさい」

ああ、消える。体中から生温かい液体が抜けていく。うすくうすく広がって、世界がにじんで、なにも見えない。でも、言えた。ちゃんと言えた。ごめんなさい。お父さんに、お母さんに、妹に、私が傷つけたすべての人に、ごめんなさい。また生まれてきます。どうか、許してください。最後の瞬間、確かに触れた。てのひらをそっとくすぐったのは、傷一つない、柔らかな少女の指だった。

解　説――夜の湿度

名久井直子

読み終えてみると、子どものころの、名前もないような気持ちや、説明のできないような瞬間や、今も自分の中にあるのに見ていないような気持ちを、少しずつ、でも鮮やかな形で差し出されたような、そんな気持ちになりました。

自分の中に芽生えた、まだ生死のあやふやな命。不確かな存在への不安を、誰とも共有できない主人公のもとへ、「おば」と称する女となって現れた鳥。〈真夜中に、また目が覚めた。私はなにか、ひどく温かいものに埋もれている。しばらくしてそれが布団《ふとん》ではなく、伸ばした腕がずぶりと埋まるほどに深い、鳥の羽毛であることに気づいた。夜の色をした巨大な鳥が、卵を抱くのと同じ姿勢で私の上にのしかかっている。鳥の足もとは脳みそが茹《ゆ》だるくらいに熱く、柔らかく湿っていて、しっかりと重さがかかって動けないのがまた、だらだらと涙がこぼれるくらい気持ちよかった〉。冒頭気がします。自分の持ちを餌《えさ》にするように鳥は巨大化していくのですが、この鳥の湿中の不安も察知されて、液体のように入り込んできてしまうんじゃないかと、思わず夜の中に鳥の匂《にお》いを探してしまいそうになりました。すべての作品を通じて、この湿気とむせかえるような香り、重み、光を浴びさせてもらった気がします。

「ゆびのいと」では、鬼へと堕《お》ちようとしていく妻から饗《きょう》される食べにくい肉片、指の付け根に残る糸の痛み。「眼が開くとき」では、蝶《ちょう》を喰らうように、〈彼〉を喰らう感触。鱗粉《りんぷん》の残るような後味。「よるのふち」では懐《なつ》かしいハンドクリームの香りをさせてやってくる亡《な》くなった母親。「明滅」では暗闇《くらやみ》が力を持って存在し、「かいぶつの名前」では少女の青い不安と憎しみが、増幅されて、少女を変容させていく……。

どれもが亡くなった者の遺恨というわけではないのです。生まれる前の命、自ら捨ててしまった命、幼い息子たちを残して死んでしまったお母さんの命……。いろんな命や、命だったものが、それぞれの無念や愛情や強い願望を持ち、異形のものを呼び起こしたりする様は、少し怖さもあります。でも、残された命が思う淋《さび》しさや、不安とともに作り出されるそれは、最後のやさしさの形でもあるのだなあと感じられて、影の、冷たさだけではない、暖かさのようなものに気づかされました。どの作品も心の欠けた部分をいろいろな形で補ってくれるような、とてもやさしさを持ったものだと思います。苦しさの形にぴったり沿うように、愛情の形もできているのが見えるような……。

この作品を単行本で読んだとき、人生における大事な友人を失《な》くして、まだその思いが毎日消えないというような時期でした。何か信号を送ってくれないかと、車のバックミラーの中を覗《のぞ》き込んでみたり、何も変わらない部屋の一隅や、一緒に歩いたことのある道で、感覚を研ぎ澄ませてみたりしましたが、わたしは何も受け取ることができませんでした。そこが気になった、というそのこと自体が、信号だったのかもしれませんが、わたしはもっと、その人を感じ、会いたかったのだと思います。そのせいか、尚更《なおさら》、作品の中で息遣いをもって現れる気配に、少し羨《うらや》ましい気持ちで読んだのかもしれません。

それから三年経《た》って、少しその気持ちは平熱になってきたけれど、いろんな命との別れや出会いは、ひっきりなしに訪れます。つらいことがあっても、死んだら何もないという考えも持っていたとしても、心のどこかで、完全に関係が絶たれたわけではないと思えることは、救いになる気がします。

この短編集のタイトル「朝が来るまでそばにいる」は、どの短編のタイトルでもありませんが、全編に通じる、とてもやさしい、良い言葉だなと思いました。朝は必ずくるけれど、夜も必ずやってくる。夜の時間が長くても必ず朝が。

〈「あなたの名前を呼べば、私は昨日のことや今日のこと、大事にされたことを思い出せる。どれだけ遠くても、暗くても、受け止めきれない乱暴に晒《さら》されて、多くの物事に裏切られた気分になっていても、悲しいだけじゃなくなるから。呼んで、唱えて、会えて嬉《うれ》しかったなあって繰り返しながら、私という存在の認識が終わるまで、暗闇の底で光って遊ぶ。それを、この世のどんなものにも侵させない。」〉——「明滅」より

（令和元年七月、ブックデザイナー）

この作品は平成二十八年九月新潮社より刊行された。

新潮文庫最新刊

朝《あさ》が来《く》るまでそばにいる

新潮文庫　あ－83－3

令和元年九月一日発行

著者　彩《あや》瀬《せ》まる

発行者　佐藤隆信

発行所　株式会社　新潮社

郵便番号　一六二―八七一一
東京都新宿区矢来町七一
電話　編集部(〇三)三二六六―五四四〇
　　　読者係(〇三)三二六六―五一一一
https://www.shinchosha.co.jp

価格はカバーに表示してあります。

乱丁・落丁本は、ご面倒ですが小社読者係宛ご送付ください。送料小社負担にてお取替えいたします。

印刷・大日本印刷株式会社　製本・株式会社植木製本所

ISBN978-4-10-120053-8　C0193